百部红色经典

改造中国与世界

蔡和森 著

北京联合出版公司
Beijing United Publishing Co.,Ltd.

图书在版编目（CIP）数据

改造中国与世界 / 蔡和森著. -- 北京：北京联合出版公司，2021.7（2024.1重印）
（百部红色经典）
ISBN 978-7-5596-5303-1

Ⅰ. ①改… Ⅱ. ①蔡… Ⅲ. ①蔡和森（1895-1931）—文集 Ⅳ. ①D2-0

中国版本图书馆CIP数据核字(2021)第086852号

改造中国与世界

作　　者：蔡和森
出 品 人：赵红仕
责任编辑：牛炜征
封面设计：王　鑫

北京联合出版公司出版
（北京市西城区德外大街83号楼9层 100088）
北京新华先锋出版科技有限公司发行
大厂回族自治县德成印务有限公司印刷　新华书店经销
字数183千字　787毫米×1092毫米　1/16　13印张
2021年7月第1版　2024年1月第4次印刷
ISBN 978-7-5596-5303-1
定价：49.00元

出版前言

为庆祝中国共产党成立100周年，全面展现中国共产党成立以来中华民族辉煌的发展历程、取得的伟大成就和宝贵经验，集中体现中华民族的文化创造力和生命力，北京联合出版公司策划了“百部红色经典”系列丛书，希望以文学的形式唱响礼赞新中国、奋斗新时代的昂扬旋律。

本套丛书收录了近一百年来，描绘我国人民在中国共产党的领导下艰苦奋斗、开拓创新、改革开放的壮美画卷，充分展现我国社会全方位变革、反映社会现实和人民主体地位、弘扬社会主义核心价值观、讴歌中华民族伟大复兴中国梦的100部文学经典力作。

本套丛书汇集了知侠、梁晓声、老舍、李心田、李广田、王愿坚、马烽、赵树理、孙犁、冯志、杨朔、刘白羽、浩然、李劼人、高云览、邱勋、靳以、韩少功、周梅森、石钟山等近百位具有代表性的中国现当代著名作家。入选作品中，有国民革命时期探索革命道路的《革命的信仰》《中国向何处去》，有描写抗日战争的《铁道游击队》《敌后武工队》《风云初记》《苦菜花》，有描绘解放战争历史画卷的《红嫂》《走向胜利》《新儿女英雄续传》，有展现新中国建设历程的《三里湾》《沸腾的群山》《激情燃烧的岁月》，有寻找和重建民族文化自信的《四面八方》，也有改革开放后反映中国社会现状、探索中国道路的《中国制造》，同时还收录了展现革命英雄人物光辉事迹的《刘胡兰传》《焦裕禄》《雷锋日记》等。

本套丛书讲述了丰富多样的中国故事，塑造了一大批深入人心的中国形象，奏响了昂扬奋进的中国旋律。这些经历了时间检验的文学作品，在艺术表现形式、文学叙述方式和创作技巧等方面都具有开拓性和创造性，作品的质量、品位、风格、内涵等方面都具有很高的水准，都是有筋骨、有道德、有温度的优秀作品，很多作家的作品都曾荣获“五个一工程奖”“茅盾文学奖”“鲁迅文学奖”“国家图书奖”等奖项。

为将该套丛书打造成为集思想性、艺术性、时代性为一体，展现新时代文学艺术发展新风貌的精品图书，北京联合出版公司成立了由出版界、文学艺术界的资深专家和学者组成的编辑委员会。他们从文学作品的历史价值、文学价值、学术价值、现实意义等维度对作品进行了深入细致的研读和筛选，吸收并借鉴了广大读者的意见与建议，对入选作品进行深入细致的分析与综合评定，努力将“百部红色经典”系列丛书打造成为政治性、思想性和艺术性和谐统一的优秀读物，向伟大的中国共产党成立100周年这一光荣的日子献礼！

目录

蔡林彬给毛泽东的信[1]

（一九一八年六月三十日）

出处问题

润之兄：

弟二十三日开船，二十四日在汉口搭车，二十五晚抵京，共经三日三夜，晴雨参半，一路颇适。兄事已与杨师详切言之，师颇希望兄入北京大学。弟以一面办报一面入学为言；师甚然之。前亚细亚报薛某者，今欲重整旗鼓，请师担任学术上之撰述，师颇有羞与为伍之意，辞之；然可荐言绍介，师言惟欲屈节。弟思大仁大勇，普渡众生，非入地狱不行，究无所谓屈节。尝与子升言，吾之积极思想，谓以吾国今日之情势，即娼优盗贼界中，亦须加入正人君子，况元勋报界乎？

[1] 本书收录的均为蔡和森的文字作品。其作品在字词使用和语言表达等方面均具有鲜明的时代特色。此次出版，根据作者早期版本进行编校，文字尽量保留原貌，编者基本不做更动。

吾人今兹之所急者：一方要有适当之储养，一方要有适当之练习；得同时行之者，上也；一先一后者，次也；终于一才者下也。旷观前辈名人，疏空罕成者，多矣！此非其才之不足，智之不逮也；无充分之练习故耳。弟年来深以此惧，形格势禁，亟欲自致于最宜，而不可得。（中略）大学蔡校长，弟会见一次，伊正谋网罗海内人才，集中一点，弟颇羡其所为。觉吾三人有进大学之必要，进后有兼事之必要，可大可久之基，或者在此。储养练习，或可同时并得。望兄细与子升讨论研究，定其行止，复我一函，是所至盼！顺问

近祉！

弟彬肃。七年六月三十夜在北京。

（载《新民学会会员通信集》第 1 集）

蔡林彬给毛泽东的信

（一九一八年八月二十一日）

手段与目的

润之兄：

前复一片，未尽所怀，今补呈之。（中略）兄若以此为暂时的手段，则何如借路过身，一入地狱（若弟自观之实不是地狱）。弟尝慨世之君子，为种种的舆论律道德律所束缚，只能为伪善，不能为伪恶，是以使小人得积极横行。枉尺直寻，弟实主张。窃以为人不能有善而无恶，正人之恶，即是善之变相，求全则难免不为乡愿。弟内有恢恢之志，外殊不尚硁硁之行；自信其心既正，将来有恶当前，必不少避而勇为之；恶经正人君子为了一回，则其阶级，就要演进一层。尝耻吾国之思想圈及善恶圈，只有一个铜钱大，窃欲扯直而延长之，善恶俱进，无甚轩轾。现为一恶，而将来能得十善之结果，何所顾恤而不为之！吾人若从一身之利害及名誉计算，诚有不宜屈节者，若从全体之利害计算，可以杀身成仁，况不可行伪恶以得权乎？（兄以时未至为言，我以为此正其时，此时稍为一枉，其所直不知几万万也）。

君子无弹性，此乱之所以不止也。弟意现在当得一班正人立恶志（杀坏人），说恶话，行恶事，打恶仗，争恶权，夺恶位，加入恶界，时时与恶为缘，时时与恶战，时时与恶和，操而纵之，使自我出，支而配之，使自我生，演而进之，使自我发；然后将万恶纳入袖中，玩之掌上。我果小人乎？则将此万恶顶之头上，以为护符；散之天下，以为走狗，无不可也。我果君子乎？则将此万恶捣之碎之，烧之熔之，锻之炼之，淬之磨之；神而化之，使成美质之原子，新而明之，使成优秀之国民，尤无不可也。若天下治乱，其转移在于一心，人之贡献于人道，其功过不在形迹之上。果为君子，无善不可为，即无恶不可为，只计大体之功利，不计小己之利害。墨翟倡之，近来俄之列宁颇能行之，弟愿则而效之，虽于兄意未有当，亦聊以通其狂感耳。至于蔡松坡，松坡少时不屈节为满清官僚，安得致后此之地位，而成一战之功哉？凡此梦呓，兄可驳骂而痛斥之，匪以言事，以当论学可耳。至兄之行止，尚待自为斟酌，私心以为兄有来此之必要者数端：（一）既不往东，又不往南，自以来京为最宜。（二）吾辈须有一二人驻此，自以兄在此间为最好。（三）自由研究以兄为之，必有多少成处，万不至无结果。至现在情形，杨师自是喜兄来寓，每日可以学习英日文。弟事殊不好为计，故亦望兄来指教。至佃屋请工二事，亦祈兄斟酌弟之家情，为我主张，实不胜感激盼祷也！顺叩

暑安。不具。

弟彬白。七年八月二十一日在北京。

（载《新民学会会员通信集》第1集）

蔡林彬给陈绍休、萧子暲、萧子升、毛泽东的信

（一九一八年八月二十七日）[1]

京保留法预备班的创设及新民学会的大计

赞暲诸兄转升润二兄：

弟间接闻听欲往保定预备之人，颇繁有徒；此万不可以“人数有限”遏其动机，绝其希望；当另筹一调剂办法，尽量容收，成一大组织，然后始符初心，始无遗恨。二十五名之额，本为侨工局一面所限定。至同乡（熊等）之辅助，尚属另一一时不定之生机。弟前财团之条呈，即于二十五名之外，隐示可来额外之多数，此等弟筹之熟、思之深，而且身经其间已久，极悉此事之性质，原属不拘一定。可靠不可靠，有把握没有把握，全在自己创造。弟所怕者，是小结果之可靠与把握，全不虑其不好下台也。弟于侨局一方得有把握之后，即思所

[1] 此落款时间有误，应为一九一八年七月底。

以推广调剂之方，只虑来者未必果多，遂于前书不敢明言。现在多少与否，弟究不得而知，只以既有此层意思，便当奉呈来前，以备采择。

至其方法之可言者，约有三端：（一）侨局借得二十五分款，就可额外容纳得几个至十个；因我们有最简单之生活，得节省借款几分之几也。（二）熊章此时行止虽不定，然正大有无把握中之大把握在；因有一年预备期间，足容吾辈运动游说，以造出几个可靠也。（三）就是组织财团。如有三十人来，就要夹三分之一之有钱者及有借贷力者。如有四十人来，就要夹十几个之有钱者及借贷力者。如有六十人来，就要夹二三十个之有钱者及借贷力者。（一）之可能，已不待言。（二）之可能，弟甚信之；只要我们在实际上造出一个形势，迫向人家身上走，使其不得不负维持之责，使其不得不乐于负维持之责，然后为得耳。（三）之可能，亦非梦话；往南洋者果能出其往南洋之川资于此（如暲兄及罗学瓒等兄），在雅礼者果能出其在雅礼一年之费用于此（雅礼有几个要来），往上海者果能出其往上海之费用于此（如李耀先君等久闻彼往法川资已筹足五六百元，弟早有牵入之意，虽不深知，然非不可与言者，请勿全忘），则不但一方可纾借款无着之忧，一方尤可造成一大形势，以迫出一个大借款。至竟有几个意外的富家公子及借贷力大者参加走来，或能在何处以团体名义借款，则来八十人，虽六七个是穷措大不妨也。换言之，弟以（三）为达到（二）之手段，为造成一大形势之手段；是以（三）之性质为“当有可无”的，大形势之起首，则不得不有。（二）既达到，则可以无，有又不必皆有，无又不必皆无，此其为说，须兄等推想，然后一句可以说明。盖二处之辅助，皆是借款，苟能勉强自备，何必多此“借”“还”之手续。然不过属于个人言，若属团体言，则是混合分配，只要有借，总是一共同借为好。财团只是壮胆，只是促进大形势之一种手段，资本金并不要如何雄厚，又并不要如何可靠，此又须活看活做者也。

总之，此事全在人做，初无可靠与着落之可言，必欲穷其可靠与着落，则莫如吾辈之自身。至弟之僻性，尤不喜小结果之着落与过早之可靠，此则于实行上或云难，然自弟视之究甚易。今使弟再大放其浮词，将青年界全体煽动，空全省之学子以来京，此在旁人视之，必以为不好下台，不知此正是好下台处：在正面言，形势愈大，愈好着手，退一步言，湖南学子，竟大多数患了一个勇猛轻率的神经病，此病甚于此回之水灾，而赈济之效亦大于水灾之赈济；则熊氏等自不得不负维持之责，自不得不乐于维持；亦要如此始可以责人维持，始好责人维持也，然弟亦非专门拘于如此浮泛之想，苟在现在能干造出几个大着落，亦断不肯放松而不为，因此本为我素愿也。自侨局之小着落成后，弟即探问熊氏之行止，行止无定处，不好投书。前闻其返湘，现闻其在津，若其来京，则拟往会。盖熊氏有为本省筹一百万元善后款之说，弟想从此中抽借几千，当亦为彼所乐许。且彼欲广设平民工厂及银行等，尤非预储人才不行。弟前旬写信与石曾先生，谓兄等于二星期内可到，请伊早向侨局接洽。彼即与蔡先生商量，蔡即有信致杨先生，谓熊章行止不定，向侨局借款，李意想请杨先生作保证人，且谓李不日会至杨寓商量。现在尚未见李来，大约李之如此促进一步者，因二星期内可到之信也；今仍未来商量者，因兄等犹未到也。李意必以人与凭到，始好直截了当，一画做好；弟前此之所以促升兄早来者，全为此也。究竟杨师个人尚是难得保证，弟与师议请师联络熊，一面同做保证，一面向他借款，师已谓然。弟欲其早写一信与熊，师则谓须李来京商量及兄等到此，究是实情。升兄如果持重难发，请诸兄向学校催出文凭，即日邮来，以便在此进行。人稍迟究无不可。升兄在省时，请将此事始末，与陈夙芳君一言，强伊写一封信与熊秉三氏。盖此事欲得多人打水，始有饱鱼吃。无论陈为何如人，彼既尸教育会长之职，此事即为当为应为之事。至其信中之理由，由彼写之，或不免照例敷衍，此则须升润二兄讨论商量，自己起草，交彼照制盖印，其他言词，或可不周到，理由则万宜充足，或专交一理由草与他，他之情必相安也。至此回大组织若能成立，弟思以后将成一继续援引之团体；或应时势之要求，竟在长沙组织高初二等预备校：此亦须与陈等言之，以促其注意。总之弟对于此等人，只要强迫他此后不至漠视青年之需要，即为得了，其人之可与言否，不必论也。

润兄七月二十六之信，已经收到，所论才财学三事，极合鄙意。究竟我们现所最急者，是一财字；而才次之；而学则无处不有，无时不可以自致。然非学无以广才，非才无以生财；此所以学会之会员，为须加以充足的物色与罗致，不当任其自然发展也。（中国万恶万罪，及不进化，皆起于任自然。）兄自由研究及私塾之说，是弟中层之目的。此时之所急者，欲得二三人在家里经营基础，欲得一些人四出觅供给之货物；是以弟于留京往法而外，又有组织一些人去吉黑新疆之想（此等处确可发财）。到了明年，往法者果已成为事实，则后年之往边地者，可得开办费之援助，诚能如此做去，则财之解决，谅非绝不可早，绝不可能。至南洋广东而犹有生机，则愈为多得几着，此则通同所患，仍是人数不供支配耳。至于求财，其方亦自多端：（一）遇，（二）访，（三）造。遇中得人，一见倾心，此属特别少数。访中得人，其数不定，自身之吸力大同化力大者，所得必多，反是不得不少。至于平常观察，弟颇厌旷日持久，为不经济，吾辈总可发明一短期有效的方法，多与言谈，多与尝试，亟与从事，虽不中，必不远也。造之一层，尤为必要，尤较可靠。今日欲访求已经成德之好人，诚是凤毛麟角。湖南而外，外省尤其难得。造分两号：一是造相遇相处之同辈，二是造幼龄之小学生。前者如兄来京时，便当施行；后者则弟甚望同辈中多出几个小学教员，万勿以个人暂时之不经济，忘却远大之举。来书“失此不为，后虽为之，我等之地位不同，势不顺而机不畅，效难比于此日矣”，弟深以为然。三年以来，每觉胡林翼之所以不及曾涤生者，只缘胡夙不讲学，士不归心，影响只能及于一时，故弟住刘家台时，未尝不想当教员也。自信小当小效，大当大效，惜无人达我之意而推荐之耳。尝思所以补救，故公然不逊，以与子升之学生接近。至对于会友之分途四出，或觅闲散事情，或情愿经商，意颇忧之。久思所以补救之方；故前有怂恿升兄荐教员之言，而意中尤望鼎兄略为牺牲，以屈就不经济而实经济之事；又想升兄写一信与何先生，以坚其志，不必欲往东洋。然此皆支节也。若其大意，则在“吾辈总要如何秉了现在之志向，于现在立一可大可久的基础，以为后来活动地步”。吾兄颇以去长沙为遗恨，弟则久思所以补救之方；其方若曰：如得鼎兄出以挥霍旁通之才，广联高小中学专门之学生，而且介绍京湘之常常通信，实无异亲炙也。前于楚怡诸生，欲其通信，即是此意。前将起程时，与家母商议，谓三年之内，必使我辈团体，成为中国之重心点。并且要使女界同时进化，是以舍妹有邀友自读之意，弟又有决意留京四年，每年回长沙一次，以与各界联络之宣言；故其置重长沙之处，亦复大略与兄相同。

前与升兄书，谓恨行时不及将种种善后方法与商，即指此等。此等不只一方，不只几人，不只一事，弟皆欲熔成一片，以为必如此始能宏济宏成，作始时即宜运思及之。弟现对于自身及同辈中，又有几句直觉的谬语，即“往京考公费学校，乃随俗的迷梦也，于吾辈并无甚么必要；往西洋进大学，亦随俗的迷梦也，于吾辈并无甚么必要；必要只在通其语文，悉其种种之真象耳”。此如杨师东奔西走，走了十年，仍不过是能读其书而已，其他究何所得！故苟有方法能免去随俗迷梦如勤工自学者，吾人必怂恿而力赞之。弟觉立己立人，划分先后之阶段者，谬也！为学为事，划分先后之阶段者，尤谬也！谬之实例，就在前辈之空疏无用；谬之影响，竟使小人尽进处于有权。盖事不素练，情不熟悉，徒恃其空疏无用之学，以自逸自喜，舍却山林僻隅，安有容其立足存在之地哉！曰鸿炉大冶不可入，曰鸟兽不可与同群，皆惰性无能之遁词，经千古之士君子“兢兢拘拘”而不自觉者也。弟感此极深，知此极切，其言万端，猝莫能尽，且亦吾兄所洞悉矣。弟愿今日之中国，多出做事之人；其未做事时，稳立做事之根基，不妨与鸡鹜争食，不妨与猪狗同槽；对于首恶则奋斗，对于从恶则收容，以万恶为肥料、为化学原料，而我辈为农夫、为化学家；失败则于志无伤，成功则万世蒙其利。持论固是太激，倘亦时势之所要求乎？鼎兄本有教育研究所之议，弟思此亦是善后之一种必要，会友中诚能有几个当教员，或于他校联络得几个教员，则尽可一二星期联合讨论一次，以创成湖南之精神的系统的教育，此亦莫大之事业，会中所应做者也。兄对于会务，本有经纶天下之大经，立天下之大本的意趣，弟实极其同情，且尤不讳忌嫌疑于政党、社会党及诸清流所不敢为者之间。以为清流既无望，心地不纯洁者又不可；吾辈不努力为之，尚让何人去做？尚待何时去做？此区区之意，相与共照者也。弟对于章甫兄之往东，又生异议，除“无必要”之说外，尚有二事：（一）自费七八九年，其田价六七百元尚是不敷。（二）回国后果能作何等活动？以现势揆之，殊无可说。此二理由虽不充足，然如加以家庭之万难远离，弟以为不如仍毅然决然，就省中教席，以与鼎丞提挈会中大事，三四年后，必有可观。为会中立其基础，即为个人树其风声，此迂缓而未必有失者也。至长、京之五六留者，三四年后之学问问题，弟亦略为计及，以为只要法之财团、边之财团以及其他财团，能如愿而偿，则我五六人者，可于彼时交换往返接触考察一次，然后回国，大开其世界自由研究社。此幻想或亦有万分一之可恃，惟在努力做去耳。不然，我二三人之留京，为财乎？我不敢承认；为学乎？我亦不敢承认；为基础乎？则我略为承认之。以才为基，以财为用，以学为体，此万世之业，不必忧其一时无成也。兄以为如何？望与章甫兄商量之。

罗学瓒君来片，谓现在不能得家中同意以索预备之资；至川资二百，则明年尚可设法；此则舍来而外，全无问题之可言。罗君又言有黄守垣君欲来，此亦无所不可。又问高小毕业者可入初级预备班否？此正可，惟须自费。想此信到时，罗君或已在省，故未另复。蕴真兄信，甚有来意，极其欢迎。周明谛君来书，虽有意，而无凭，甚为恨事。此外有杨师之堂侄杨楚君欲来，师欲其带足几百元来，不必靠到此借；因如此则到法即有钱回家也。又雅里之杨焱君欲来，伊住下学宫街十一号醉香书屋，请诸兄一往联络为要。刘国司确在家中，请告以预备费有地方借，彼必然来也。彭璜亦请带一笔为幸。写至此，师写就与熊氏信来阅，略谓侨工局允各借二百元，请同为保证，又恐来者逾限，祈另组一款，以辅助之云云。此书即可发。并且另向熊之亲信人加番力，事当无甚难也。升暲赞诸兄平素所用之伙食饮料器具，请一皆带来。弟寓有饭盒两个，请择带一个；因弟即就图书事，亦须自办伙食也。保定亦定须此等。其他书件有用者皆可带，不要怕火车上只能带五十斤，两手提得起者，彼不干涉也。又纵无一二人早来，亦须速将文凭寄来，以免贻误事机。从经济上打算，又不必一齐来京亦可。图书事虽微薄已甚，然颇以为宜，仍然舍不得造友之一方面也。请将此意告知家母为盼。其他种种，皆祈诸兄善为料理。感冒中，言无伦次。

彬。

七年八月二十七日在北京。

（载《新民学会会员通信集》第1集）

寄自法国的家信

（一九二〇年三月八日）

我别你们三个多月了，现在真是天各一方呀！你们大约都还在长沙。我们到法国蒙达尼的地方，恰好一个月了，共计在船上住了三十五天，在马赛住了两天，在巴黎住了五天，到蒙达尼又住了三十二天。（这七十几日中有三个特别可喜的事情可以告慰你们。）

蒙达尼是法国的一县，隔巴黎约二百里。我们正住在县城里。我所住的学校是这地方的中学校（李石曾、蔡元培、汪精卫俱在此毕业），母亲他们住的学校是地方女子中学校，两校相隔二三百步，所以我们日日可以相见。我们的学膳费极其便宜，三个月内预备每人只费四百佛郎，现在中国的一块袁头洋，在巴黎中法实业银行可兑得二十个佛郎，故我们在学校内每人每月只费得六块多钱（洗衣等费都在内）。法国普通一般的生活，以现在看来，比较中国差不多，每人每日只能吃一个佛郎的面包，再买一个佛郎的菜，就够了。法国乡中的生活，可说比中国还便宜。每人每月包房租伙食，四十佛郎已足。我们拟在学校住足三个月，然后咸熙他们就到豆腐公司去做工，我也要至工厂去做工。

豆腐公司做工的情形如下：每星期做工四十八点钟，每星期只做五日，故每日要做九点钟。工价系论货给钱，每人每日自六七佛郎至二十佛郎不等。工作有三种：（一）做干饼。干饼有两样：一样是圆的，用模型印出来的（同打粑匕一样）；一样是方的，系将和好的粉子在一块平滑的大铁板上滚平，然后用刀子切成方形。（二）包干饼。将圆形方形的干饼包成二寸半长的筒子，外面贴个封条。（三）上箱子。上到长一尺宽六寸的纸箱子内。我们三月四日到豆腐公司参观，看见三十多个法国女工和一个中国女工（四川的），年龄十三四岁的有七八个，其余或十七八岁或三四十岁不等。以上三种工作，都可不学而能。参观的那一日，向警予和我们已与该公司的经理齐先生订定，以后只须去做工就是了。齐先生极言中国绣业在法国可以畅销，问现来八个人可以刺绣否，并问将来如有能刺绣的人来，他愿介绍出货。女子勤工俭学会将来要靠绣业来发展，所以我们极望阿姊良姊早点来。溆浦女校的任培道先生今年暑假定来。我想最好全家来法为妙。（中略）总之第二次的女子勤工俭学者任先生是已决定了的。他很能干，一切都请他为首经理。然而第二次来的人（指女子）纵多不过八位，因为事实上只能如此，其余想要来的人最好是等到第三次。

华法教育会在巴黎买进一栋房屋，高大华美，如在中国，纵少也要值五万元，今进价只七万多佛郎，尚且分作十年交付。我在上海时每百元兑得千二百佛郎，后来听说兑得一千五百佛郎。现在巴黎中法实业银行，每百元兑得二千多了。所以以后带钱来，不要在上海换，到巴黎换还值价些，但以带袁头洋为最好。阿姊如能在田产上拿出二千元来到法国，就可值四万多佛郎的产业，就可以成个中等的资本家。现在此间的勤工情形，大略还好。做苦工的每日可得二十多佛郎；做机械工的每日可得十几佛郎以至二三十佛郎。现在张昆弟每日可得十四佛郎，除伙食外，每日可剩十一二佛郎，一年可余四千佛郎，等到以后佛郎值价时，也是很有钱了（值价时大约二十个佛郎可值一元）。

鹿兄如来，苦工、机械工皆有做，因为机械工可以入厂学习三个月，学习时也有八九个佛郎一天，所以良姊田事如成，父亲庆兄都可来法。有个布里村的裁缝，是为我挂皮袍子的，他是去年七月到了法国，现在巴黎开了一个协和饭店，生意很好。鹿兄如来，这样事情是很多的。

我们希望阿姊、良姊以及黎泽芬、刘警余、胡意诚诸位第二次均能来就好。前头想向聂云台先生借一千元的教育费，以便诸位到沪学习，不知王季范先生进行否？今仍想请王先生至沪一行，望催促王先生早日赴沪为要。又诸位均系衡粹健将。一旦通同出来，于衡粹将来当有莫大的好影响，但于现在却是问题，所以我极望黄先生能亲自来法一游。（中略）来时，多带些米粉子、干菜干肉，船上的面包不如法国好吃。无论如何晕船，总晕人不死，所以初晕时不要怕。我的苦朋友陈绍休他还未来此，问问何叔衡或陈启民先生。如果能同他一路来。是很好的。

（下略）

阳历三月初八日和森谨上

（载《湖南大公报》1920 年 5 月 13—16 日）

蔡林彬给毛泽东的信

（一九二〇年五月二十八日）

研究社会主义

希望实现小学计划，劳动教育，合作运动，
小册子，亲属合居等。我们须于文化运动更进一步。

润之兄：

我到法约近五月，时常想写信与你，又时常按住。我和母亲及警予、咸熙等以二月二日安抵巴黎，母亲心力颇强，故船中困疲皆已矜持过去。我初到时，因旧病复发，甚为痿弱，旋偕母亲及警予、咸熙等来蒙达尼地方，分入男女中学校，补习法文。母亲与咸熙等同起居，同上课。我则决定恢复体操游息，略如麓山故事。每日生活，全在公园空旷中，不上课，不看书，惟饱吃面包。而如此一月余，体气大健。日看法文报一节，因校中功课浅，及求知欲切，决不上课，日惟手字典一册，报纸两页，以为常。情形如此，故一切无所活动。所以常想写信与你，又常常按住。

我现在还是聋哑兼全（因不注意语言，又没有直接和法人接近），不过不尽为瞎眼耳。看报渐有门径，各国社会运动消息，日能了解一二，颇思综合写来，以作我与你通信资料（因此外仿佛无甚可告），这也是我写信与你迟迟复迟迟的原因。近正汇译德国政变与其社会、共产、工团各党消息寄你，起自社会民主党之分裂，以迄此届选举终结，故须等至六月中旬始能告竣（德国此次选举期为六月六日）。而你四月一号与四号的信，均由子升转来了，因此赶紧先行写了此信。

我在法大约顿五年，开首二年不活动，专把法文弄清，把各国社会党各国工团以及国际共产党，尽先弄个明白。一面将社会、工团、无政府、德谟克拉西（基尔特社会主义，即综合此四者而成一调和，近德国多数社会党，显然立足于二个主义之上——社会主义与德谟克拉西，以与中产阶级联盟）加番研究，一年中以蛮看报章杂志为事，一年后兼习说话听讲。现一切住校费用，皆由华法会借出（勤工学生皆同），或者还可续借数月，至没有借的时候，才去做工。警予等皆同。如有他法可想，成权其轻重，把工按住，若能，则当然经济得多。以现在俭学费用之廉，实足以加增俭学之动机。警予已决计俭学数年，将语言习好，情形习熟，设法大辟女子外出之路。勤工俭学生近千人，好分子占最少数，暂不多加组织（现只有工学励进会，为李和生、罗学瓒等所组，潜在进行），新民分会亦暂按住，俟机会成熟，将来自有办法。

兄留湘两年，极为重要。我意章甫于兄在湘之时，亦不必外出，可在长沙极力教小学。两年之中，会友能办到百人教书，最好没有。启民、惇元宜久在湘，主持教育，不动。兄如不办报，于自修外，宜紧张教书。少年互助团大好，两年中能鼓舞其增至千人以上，更好。诸兄在湘，宜于此团体大加提掣、启发。叔衡似永不可离湘。去俄不如留湘之重要。如何？（就他一人及会务言）犹望能将小学计划实现。此事比之出报更重要。学会办文化运动本为应有之事，我们既不为浮游于大码头的文化运动，则根本上的组织和训练，比之出报、出杂志更重要。现少年中国学会（此会在四川本地无根据）专以办文化运动为事，我以为好，但是我们的须更进一步。湘事定后兄首先聚精会神，将小学实现为要。有暇则从事《湘江评论》亦好。不过两年中总不宜因出版而碍会务进行（指被封而妨学会等）。

我以为我们于文化运动，大可仿照李石曾贴邮花的办法。此时我以为新民学会宜办三种邮花，以扩其用：一种贴于男女各师范学校，其法在办好会中学术演讲会及以个人与师范生之优秀者往返。一种：贴于各县各乡的小学校，其法以上之联络师范生为根据，俟他们返乡办学校，即可实行。或择现任各处之小学教员通信及介绍书报启发之。一种：贴于现行之各出版物上。此三种邮花，皆可济会中经营之穷。（因会没有钱）而其作用与自办差等。兄以为如何？

现在中学以上的文化运动，要算各处都已迸发了，新民学会所宜注意的，自小学文化运动以外，应注意劳动的文化运动。但是如何办呢？一，我以为你的小学计划成，同时应筹划劳动教育。二，应鼓吹各种合作运动（消费组合贷借组合要紧）。三，应出一些小册子（仿新生活）。四，好小学能设法多收农家子弟更好。五，聚会友中之兄弟讨论，如鼎丞之兄，你之老弟，我之兄，警予之兄（经商能手，现在乡经商，且极可与谈），叔衡、瑾玎亲属、教新会友之亲属，都可以约聚，启发一下。我对于会中意见，大略如此。

咸熙答应入会。溆浦女校教员任培道女士，今年夏秋间来法，警予甚称其为人（问陶女士知道），我们想介绍入会，此人道经长沙，请邀聚讨论女子事宜。又溆浦女校长吴家英女士（溆浦女校教员大概皆好，问陶便知），亦很好，如来省，可与谈。溆浦女校为警予及伊等极力经营之学校，我意学会当郑重贴几分邮花于其上，请酌之。此校太僻处，当设法传递新出版物。又溆浦女生（问陶便知），在省垣女师范者很有几人，此皆百经训练，有如子升之学生，其中有警予侄女，极好，极好，请邀同陶斯咏极力加以提携，将来必有可观。

我写至此处，发了狂热，希望陶女士和启民久顿周南，惇元久顿修业，叔衡久顿楚怡，兄与章甫于两年中将小学校办好，然后赴俄，则根深蒂固矣。

新民学会尽其可能扩大，同时尽其可能严格，这是我的总意思。

我与警予有一种恋爱上的结合，另印有小册子，过日奉寄（现未印出）。家母甚好，惟间有旧病复发，惟不如在国内之甚，她诚挚的希望你，致意你。警予忙课，未另写信，也致意你。国内新出版物，请设法多寄（过日议）。现在我们定了的为《时事新报》，《解放改造》，《建设》，《新潮》，《新青年》等，中华馆新出版之世界两种图，有钱请买寄，《时事旬刊》还出否？

刘清扬女士弟曾介绍入会，此人现往南洋，不知兄有机会见之否？此人很可以，弟又曾与兄言王启润女士，在京见之否？新会友之性格，请随时介绍一二。邹蕴真兄如何？宜使其来长沙，或在乡办学校。杨师遗眷，弟主张来法，兄以为何如？忙问安好。

弟彬。

一九二〇，五，廿八号。

与弟信，皆由子升转。

此信请转启民、惇元、叔衡、殷柏诸会友未另，乞恕。

（载《新民学会会员通信集》第3集）

蔡林彬给毛泽东的信

（一九二〇年八月十三日）

社会主义讨论
主张无产阶级专政

润之兄：

湘局定，想已归。前见改造宣言，如能照行，甚善。来法会友上月在蒙集议一次，详情子升报告。我到法后，卤莽看法文报，现门路大开，以世界大势律中国，对于改造计划略具规模。现搜集各种重要小册子约百种，拟编译一种传播运动的丛书：

（一）世界革命运动之大势。

分四种形势：

1. 无产阶级革命成功的地方——俄。

2. 无产阶级革命已发动或小产地方——中欧及巴尔干战败诸国。

3. 阶级革命酝酿的地方——五大强战胜诸国。

4. 阶级觉悟发生后由爱国运动引导到布尔塞维克上去的地方——

诸被压迫之民族、保护国、殖民地，如波斯、土耳其、印度、埃及、朝鲜、中国等。

（二）无产阶级革命运动之四种利器。

1. 党（社会党或共产党）。发动者、领袖者、先锋队、作战部，为无产阶级运动的神经中枢。

2. 工团。先的作用为实力的革命军，不可破获的革命机关。后的作用为生产组织。

3. 合作社。先的作用为劳动运动革命运动的经济机关，进而打消贸易主义，为消费组织。

4. 苏维埃。无产阶级革命后的政治组织。

（三）世界革命之联络与方法。

1. 万国共产党（本部在俄）之计划与方法及新旧国际党之经过。

2. 万国工会组织、作用、最近之举动。

3. 万国同盟罢工（如最近万国矿工会宣布如协约对俄再战则下令英法矿工罢工）。

4. 万国同盟结交（如今年六月万国工会宣布与虐杀工人及社会党之匈牙利反动政府同盟绝交，电邮路船，都不与通，结果被捕之人民委员得减死刑）。

（四）俄罗斯革命后之详情。

这四种东西，现已搜集许多材料，猛看猛译，迟到年底，或能成就。我近对各种主义综合审缔，觉社会主义真为改造现世界对症之方，中国也不能外此。社会主义必要之方法：

阶级战争——无产阶级专政。

我认为现世革命唯一制胜的方法。我现认清社会主义为资本主义的反映。其重要使命在打破资本经济制度。其方法在无产阶级专政，以政权来改建社会经济制度。故阶级战争质言之就是政治战争，就是把中产阶级那架机器打破（国会政府），而建设无产阶级那架机器——苏维埃。工厂的苏维埃、地方的苏维埃、邦的以至全国的苏维埃，只有工人能参与，不容已下野的阶级参与其中，这就叫做阶级专政。无产阶级革命后不得不专政的理由有二：

无政权不能集产，不能使产业社会有。换言之，即是不能改造经济制度。

无政权不能保护革命，不能防止反革命，打倒的阶级倒而复起，革命将等于零。

因此我以为现世界不能行无政府主义，因为现世界显然有两个对抗的阶级存在，打倒有产阶级的迪克推多，非以无产阶级的迪克推多压不住反动，俄国就是个明证。所以我对于中国将来的改造，以为完全适用社会主义的原理和方法。

我想编的“四种利器”，亦是我这一回要与你具体商量的。我以为先要组织党——共产党。因为他是革命运动的发动者、宣传者、先锋队、作战部。以中国现在的情形看来，须先组织他，然后工团、合作社，才能发生有力的组织；革命运动、劳动运动，才有神经中枢。但是宜急宜缓呢？我以为现在就要准备。现在红军已打到波兰而压入波斯，这种情形你必熟悉，而中国摇身一变的政客和武人（如陈炯明）正在准备做列宁，我预料三五年中，中国必有一个克伦斯基政府出现。换言之，必定有个俄国的二月革命出现。主持的人必为一干摇身一变的旧军阀、政阀、财阀，而结果产生一个不牛不马的德奥式的革命政治。这样一回事，我预料有少数的青年也会参与其中，但我不愿你加入。我愿你准备做俄国的十月革命。这种预言，我自信有九分对。因此你在国内不可不早有所准备。

然则这种党如何的准备组织呢？照旧组织革命机关，是不中用的。我以为要邀一些同志跑到资本家的工厂里去，跑到全国的职业机关议会机关去。去干甚么？去做工、办事、当代表、做议员。我望你物色如殷柏者百人，分布全国各处，不必他往，亦不必另组机关，即以中产阶级现成的职业机关、议会机关做革命机关。这种方法，我得之于布尔塞维克。二月革命后，布党遍布全国各机关，列宁亦入了克伦斯基政府，所以十月革命一举成功。

我在这面业已酝酿组织，将于此早组一整队赴俄工作（二年内）。将来以俄为大本营，至少引一万青年男女长驻工作。拟于今冬联络新民会友、少年学会友、工学励进会友，以及赴德之王光祈、赴英之某某，开一联合讨论会。我将拟一种明确的提议书，注重“无产阶级专政”与“国际色彩”两点。因我所见高明一点的青年，多带一点中产阶级的眼光和国家的色彩，于此两点，非严正主张不可。此意已与曾慕韩深言之，彼甚为感动，预料不久将与少年学会中人发生影响，将来讨论如得一致，则拟在此方旗鼓鲜明成立一个共产党。

木斯哥万国共产党是去年三月成立的，今年七月十五开第二次大会，到会代表三十多国。中国、高丽亦各到代表二人，土耳其印度各有代表五人。据昨日报土耳其共产党业已成立。英国于本月初一亦成立一大共产党。法社会党拟改名共产党。现在第二国际党已解体，脱离出来者都加入新国际党，就是木斯哥万国共产党。我意中国于二年内须成立一主义明确，方法得当和俄一致的党，这事关系不小，望你注意。

徐彦之等赴日，不知如何联络，现在中国不明俄国及各国社会情形，所以一切运动都支节无大计。朝鲜、日本、波斯、印度、土耳其都应有人去，尤以日本为重要。我意日本要去一个极重要的人。与去俄国一样的重要，望你注意！我意中日间要两国无产阶级联络革命才能解决。只要有成熟的联络，谁先谁后不成问题。如果中国革命而日帝国政府未倒时，我们量力之所能采两个方法对他：

（一）我意我们的运动成熟，必与俄国打成一片，一切均借俄助。如日出而干涉，则如俄之对波兰者对之。

（二）万不得已，则以列宁之对德者对之。

以我观察，中国行俄式革命，反动必较俄大。其因有二：

（一）大资本家大地主少，而十万二十万之身家多，故反动数目必多。

（二）中国自来政治影响于个人经济者很少，个人经济极自由，一旦集产，反动必大。

有人以为中国无阶级，我不承认。只因小工小农不识不知，以穷乏惨苦归之命，一旦阶级觉悟发生，其气焰必不减于西欧东欧。

共产党的原理和方略，我须先研究清楚，现已译《议院行动》（系万国共产党之魁作）一篇，及列宁等重要文字数篇，拟续译《俄国共产党大纲》。

俄十月革命共产党仅万人，现尚只六十万人。一九一七年俄工党只百五十万人，现四百万。

现在内地组织此事须秘密。乌合之众不行，离开工业界不行，中产阶级文化运动者不行（除非他变）。

我拟在此组织一整队赴俄做工。法语于俄甚行，勤工可得川资。将来以俄为大本营，纵少要有青年工人万人在俄。国内往俄难，请先鼓人来法。

你前要我做通信，现因有系统一点的编译计划，无暇作此。

改造地图，请买一部寄我。

你如对于上列意见表同情，或即潜在运动，则有两点应注意而不可游移：

无产阶级专政。

万国一致的阶级色彩，不能带爱国的色彩。

叔衡、启民、惇元、殷柏诸友均此。

彬。一九二〇，八，一三。

（载《新民学会会员通信集》第3集）

附：

毛泽东给萧旭东蔡林彬并在法诸会友

（一九二〇年十二月一日）

> 赞成“改造中国与世界”为学会方针。赞成马克思式的革命。学会的态度：（一）潜在，（二）不依赖旧势力。会员的态度：（一）互助互勉，（二）诚恳，（三）光明，（四）向上。共同研究及分门研究。学会的四种运动：联络同志之重要。

和森兄子升兄并转在法诸会友：

接到二兄各函，欣慰无量！学会有具体的计划，算从蒙达尔尼会议及二兄这几封信始。弟于学会前途，抱有极大希望，因之也略有一点计划，久想草具计划书提出于会友之前，以资商榷，今得二兄各信，我的计划书可以不作了。我只希望我们七十几个会友，对于二兄信上的计划，人人下一个详密的考虑，随而下一个深切的批评，以决定或赞成，或反对，或于二兄信上所有计划和意见之外，再有别的计划和意见。我常觉得我们个人的发展或学会的发展，总要有一条明确的路数；没有一条明确的路数，各个人只是盲进，学会也只是盲进，结果糟踏了各人自己之外，又糟踏了这个有希望的学会，岂不可惜？原来我们在没有这个学会之先，也就有一些计划，这个学会之所以成立，就是两年前一些人互相讨论研究的结果。学会建立以后，顿成功了一种共同的意识，于个人思想的改造，生活的向上，很有影响。同时于共同生活、共同进取，也颇有研究。但因为没有提出具体方案；又没有出版物可作公共讨论的机关；并且两年来会友分赴各方；在长沙的会员又因为政治上的障碍不能聚会讨论；所以虽然有些计划和意见，依然只藏之于各人的心里；或几人相会出之于各人的口里；或彼此通函见之于各人的信里；总之只存于一部分的会友间而已。现在诸君既有蒙达尔尼的大集会，商决了一个共同的主张；二兄又本乎自己的理想和观察，发表了个人的意见；我们不在法国的会员，对于诸君所提出当然要有一种研究、批评和决定。除开在长沙方面会员，即将开会为共同的研究、批评和决定外，先述我个人对于二兄来信的意见如左。

现在分条说来。

（一）学会方针问题。我们学会到底拿一种甚么方针做我们共同的目标呢？子升信里述蒙达尔尼会议，对于学会进行之方针，说："大家决定会务进行之方针在改造中国与世界。"以"改造中国与世界"为学会方针，正与我平日的主张相合，并且我料到是与多数会友的主张相合的，以我的接洽和观察，我们多数的会友，都倾向于世界主义。试看多数人鄙弃爱国；多数人鄙弃谋一部分一国家的私利，而忘却人类全体的幸福的事；多数人都觉得自己是人类的一员，而不愿意更繁复的隶属于无意义之某一国家、某一家庭或某一宗教，而为其奴隶；就可以知道了。这种世界主义，就是四海同胞主义，就是愿意自己好也愿意别人好的主义，也就是所谓社会主义。凡是社会主义，都是国际的，都是不应该带有爱国的色彩的。和森在八月十三日的信里说："我将拟一种明确的提议书，注重'无产阶级专政'与'国际色彩'两点。因我所见高明一点的青年，多带一点中产阶级的眼光和国际的色彩，于此两点，非严正主张不可。"除无产阶级专政一点置于下条讨论外，国际色彩一点，现在确有将他郑重标揭出来的必要。虽然我们生在中国地方的人，为做事便利起见，又因为中国比较世界各地为更幼稚、更腐败应先从此着手改造起见，当然应在中国这一块地方做事；但是感情总要是普遍的，不要只爱这一块地方而不爱别的地方。这是一层。做事又并不限定在中国，我以为固应该有人在中国做事，更应该有人在世界做事，如：帮助俄国完成他的社会革命；帮助朝鲜独立；帮助南洋独立；帮助蒙古、新疆、西藏、青海，自治自决；都是很要紧的。以下说方法问题。

（二）方法问题。目的——改造中国与世界——定好了，接着发生的是方法问题，我们到底用甚么方法去达到“改造中国与世界”的目的呢？和森信里说：“我现认清社会主义为资本主义的反映。其重要使命在打破资本经济制度，其方法在无产阶级专政。”和森又说：“我以为现世界不能行无政府主义，因在现世界显然有两个对抗的阶级存在，打倒有产阶级的迪克推多，非以无产阶级的迪克推多压不住反动，俄国就是个明证，所以我对于中国将来的改造，以为完全适用社会主义的原理与方法。……我以为先要组织共产党，因为他是革命运动的发动者、宣传者、先锋队，作战部。”据和森的意见，以为应用俄国式的方法去达到改造中国与世界，是赞成马克思的方法的。而子升则说：“世界进化是无穷期的，革命也是无穷期的，我们不认可以一部分的牺牲，换多数人的福利。主张温和的革命，以教育为工具的革命，为人民谋全体福利的革命——以工会合社为实行改革之方法。颇不认俄式——马克思式——革命为正当，而倾向于无政府——无强权——蒲鲁东式之新式革命，比较和而缓，虽缓然和。”同时李和笙兄来信，主张与子升相同，李说：“社会改造，我不敢赞成笼统的改造，用分工协助的方法，从社会内面改造出来，我觉得很好。一个社会的病，自有他的特别的背景，一剂单方可医天下人的病，我很怀疑。俄国式的革命，我根本上有未敢赞同之处。”我对子升和笙两人的意见（用平和的手段，谋全体的幸福），在真理上是赞成的，但在事实上认为做不到。罗素在长沙演说，意与子升及和笙同，主张共产主义，但反对劳农专政，谓宜用教育的方法使有产阶级觉悟，可不至要妨碍自由，兴起战争，革命流血。但我于罗素讲演后，曾和荫柏，礼容等有极详之辩论，我对于罗素的主张，有两句评语，就是“理论上说得通，事实上做不到”。罗素和子升和笙主张的要点，是“用教育的方法”，但教育一要有钱，二要有人，三要有机关。现在世界，钱尽在资本家的手；主持教育的人尽是一些资本家，或资本家的奴隶；现在世界的学校及报馆两种最重要的教育机关，又尽在资本家的掌握中。总言之，现在世界的教育，是一种资本主义的教育。以资本主义教儿童，这些儿童大了又转而用资本主义教第二代的儿童。教育所以落在资本家手里，则因为资本家有“议会”以制定保护资本家并防制无产阶级的法律。有“政府”执行这些法律，以积极的实行其所保护与所禁止。有“军队”与“警察”，以消极的保障资本家的安乐与禁止无产者的要求。有“银行”以为其财货流通的府库。有工厂以为其生产品垄断的机关。如此，共产党人非取政权，且不能安息于其宇下，更安能握得其教育权？如此，资本家久握教育权，大鼓吹其资本主义，使共产党人的共产主义宣传，信者日见其微。所以我觉得教育的方法是不行的。我看俄国式的革命，是无可如何的山穷水尽诸路皆走不通了的一个变计。并不是有更好的方法弃而不采，单要采这个恐怖的方法。以上是第一层理由。第二层，依心理上习惯性的原理，及人类历史上的观察，觉得要资本家信共产主义，是不可能的事。人生有一种习惯性，是心理上的一种力，正与物在斜方必倾向下之为物理上的一种力一样。要物不倾向下，依力学原理，要有与他相等的一力去抵抗他才行。要人心改变，也要有一种与这心力强度相等的力去反抗他才行。用教育之力去改变他，既不能拿到学校与报馆两种教育机关的全部或一大部到手，虽有口舌印刷物或一二学校报馆为宣传之具，正如朱子所谓“教学如扶醉人，扶得东来西又倒”，直不足以动资本主义者心理的毫末，那有回心向善之望？以上从心理上说。再从历史上说，人类生活全是一种现实欲望的扩张。这种现实欲望，只向扩张的方面走，决不向减缩的方面走，小资本家必想做大资本家，大资本家必想做最大的资本家，是一定的心理。历史上凡是专制主义者，或帝国主义者，或军国主义者，非等到人家来推倒，决没有自己肯收场的。有拿破仑第一称帝失败了，又有拿破仑第三称帝。有袁世凯失败了，偏又有段祺瑞。章太炎在长沙演说，劝大家读历史，谓袁段等失败均系不读历史之故。我谓读历史是智慧的事，求遂所欲是冲动的事，智慧指导冲动，只能于相当范围有效力，一出范围，冲动便将智慧压倒，勇猛前进，必要到遇了比冲动前进之力更大的力，然后才可以将他打回。有几句俗话，“人不到黄河心不死”，“这山望见那山高”，“人心不知足，得陇又望蜀”，均可以证明这个道理。以上从心理上及历史上看，可见资本主义是不能以些小教育之力推翻的，是第二层理由。再说第三层理由。理想固要紧，现实尤其要紧，用和平方法去达共产目的，要何日才能成功？假如要一百年，这一百年中宛转呻吟的无产阶级，我们对之，如何处置（就是我们）？无产阶级比有产阶级实在要多得若干倍。假定无产者占三分二，则十五万万人类中有十万万无产者（恐怕还不止此数），这一百年中，任其为三分一之资本家鱼肉，其何能忍？且无产者既已觉悟到自己应该有产，而现在受无产的痛苦是不应该；因无产的不安，而发生共产的要求；已经成了一种事实。事实是当前的，是不能消灭的，是知了就要行的。因此我觉得俄国的革命，和各国急进派共产党人数日见其多，组织日见其密，只是自然的结果。以上是第三层理由。再有一层，是我对于无政府主义的怀疑。我的理由却不仅在无强权无组织的社会状态之不可能，我只忧一到这种社会状态实现了之难以终其局。因为这种社会状态是定要造成人类死率减少而生率加多的，其结局必至于人满为患。如果不能做到（一）不吃饭；（二）不穿衣；（三）不住屋；（四）地球上各处气候寒暖，和土地肥瘠均一；或是（五）更发明无量可以住人的新地；是终于免不掉人满为患一个难关的。因上各层理由，所以我对于绝对的自由主义，无政府的主义，以及德谟克拉西主义，依我现在的看法，都只认为于理论上说得好听，事实上是做不到的。因此我于子升和笙二兄的主张，不表同意。而于和森的主张，表示深切的赞同。

（三）态度问题。分学会的态度与会友的态度两种：学会的态度，我以为第一是“潜在”，这在上海半淞园曾经讨论过，今又为在法会友所赞成，总要算可以确定了。第二是“不倚赖旧势力”，我们这学会是新的，是创造的，决不宜许旧势力混入，这一点要请大家注意。至于会友相互及会友个人的态度，我以为第一是“互助互勉”（互助如急难上的互助，学问上的互助，事业上的互助；互勉如积极的勉为善，消极的勉去恶），第二是诚恳（不滑），第三是光明（人格的光明），第四是向上（能变化气质有向上心）。第一是“相互间”应该具有的。第二第三第四是“个人”应该具有的。以上学会的态度二项，会友的态度四项，是会及会友精神所寄，非常重要。

（四）求学问题。极端赞成诸君共同研究及分门研究之两法。诸君感于散处不便，谋合居一处，一面作工，一面有集会机缘，时常可以开共同的研究会，极善。长沙方面会友本在一处，诸君办法此间必要仿行。至分门研究之法，以主义为纲，以书报为目，分别阅读，互相交换，办法最好没有。我意凡有会员两人之处，即应照此组织。子升举力学之必要，谓我们常识尚不充足，我们同志中尚无专门研究学术者，中国现在尚无可数的学者诚哉不错！思想进步是生活及事业进步之基。使思想进步的唯一方法，是研究学术。弟为荒学，甚为不安，以后必要照诸君的办法，发奋求学。

（五）会务进行问题。此节子升及和森意见最多。子升之“学会我见”十八项，弟皆赞成。其中“根本计划”之“确定会务进行方针”，“准备人才”，“准备经济”，三条尤有卓见。以在民国二十五年前为纯粹预备时期，我以为尚要延长五年，以至民国三十年为纯粹预备时期。子升所列长沙方面诸条，以“综挈会务大纲，稳立基础”，“筹办小学”，“物色基本会员”三项，为最要紧，此外尚应加入“创立有价值之新事业数种”一项。子升所列之海外部，以法国、俄国、南洋，三方面为最要。弟意学会的运动，暂时可统括为四：1. 湖南运动；2. 南洋运动；3. 留法运动；4. 留俄运动。暂时不必务广，以发展此四种，而使之确见成效为鹄，较为明切有着，诸君以何如；至和森要我进行之“小学教育”，“劳动教育”，“合作运动”，“小册子”，“亲属聚居”，“帮助各团体”诸端，我都愿意进行。惟“贴邮花”一项，我不懂意，请再见示。

现在文化书社成立，基础可望稳固，营业亦可望发展。现有每县设一分社的计划，拟两年内办成，果办成，效自不小。

（六）同志联络问题。这项极为紧要，我以为我们七十几个会员，要以至诚恳切的心，分在各方面随时联络各人接近的同志，以携手共上于世界改造的道路。不分男、女、老、少，士、农、工、商，只要他心意诚恳，人格光明，思想向上，能得互助互勉之益，无不可与之联络，结为同心。此节和森信中详言，子升亦有提及，我觉得创造特别环境，改造中国与世界的大业，断不是少数人可以包办的，希望我们七十几个人，人人注意及此。

我的意见大略说完了。闻子升已回国到北京，不久可以面谈。请在法诸友再将我的意见加以批评，以期求得一个共同的决定。个人幸甚。学会幸甚。

弟泽东。九年十二月一日文化书社夜十二时。

（载《新民学会会员通信集》第 3 集）

蔡林彬给毛泽东的信

（一九二〇年九月十六日）

共产党之重要讨论

润之兄：

上月寄一长信，大要系主张马克思主义及俄式革命，而注重于组织共产党。今子升归国，再陈其略。我以为现在世界显然为两个敌对的阶级世界，学说亦显然划了鸿沟。自柏拉图统御以来的哲学思想（人生哲学，社会哲学），显然为有产阶级的思想。其特点重理想轻生活，重精神轻物质。马克思的唯物史观，显然为无产阶级的思想。以唯物史观为人生哲学，社会哲学的出发点。结果适与有产阶级的唯理派（Id’eologic）相反，故我们今日研究学问，宜先把唯理观与唯物观分个清楚，才不至堕入迷阵。我对于人性只认为有“可能性”，比如到了饥的境地，性之可能为吃；遇到困难的境地，性之可能为思（想方法）；处现经济制度之下，性之可能为“人剥削人”；处怒或挑剔（如民族主义，军国主义）之时，性之可能为“打”或“杀”。究其极这种可能性，与别的动物一样，没有别的高贵不同。总之人由低等动物进化成的。道德根于先天之说不能成立，成立也无意思。人是一它物质，人是一个消费（吃、穿、住）才能活动的动物。故人的理想云为乃是吃了饱了之后的物质的化分（或派生）。我以这种直捷简单的理由，肯定唯物观否定唯理观。唯理观弊病到了化境（助长有产阶级），唯物观才由马克思寻找出来。这真是思想史上一桩大喜事！修正派改良派（即染了有产阶级唯理主义的毒）的考茨基，伯伦斯丁等，好胆大又把中产阶级的唯理主义拿来驳唯物史观，以为“人”“社会”决不是单由物质的条件决定的，还有内心的理想的支配力，唉！这真是为资本家说法。结果是以唯物史观启发阶级战争的动机为卑下为薄弱，（现张东荪也是这样说）而别寻所谓高尚的动机，及寻一劳资调和的办法，故他们最终的结果，主张改良而不主张革命。中产阶级的德谟克拉西和威尔逊的十四条，是他们叹观止的地方！今日俄德革命之不同，根本即在此点，我今拟二公式：

俄社会革命出发点＝唯物史观。

方法＝阶级战争＋阶级专政。

目的＝创造共产主义的社会；无阶级无反动社会组织完成世界组织完成（列宁及共产党屡次如此宣言时），取消国家。

德多数社会党立足于＝修正派社会主义及中产阶级的德谟克拉西之上。

方法＝与帝国政府通力合作（入战时内阁）；利用革命与中产阶级联盟组织政府。

目的＝劳资合组的德谟克拉西。

结果＝延长资本政治的危险，内乱，破产，反革命，压迫工人，闹个不休。

张君迈以中产阶级的反动眼光及贤人眼光观察俄国革命，对于德叛逆社会党（即多数党）一唱而三叹（见《解放与改造》）。他对于中国主张的八条，不马不牛，这种冬烘头脑，很足误人。阶级战争的结果，必为阶级专政，不专政则不能改造社会、保护革命。原来阶级战争就是政治战争，因为现政治完全为资本家政治，资本家利用政权、法律、军队，才能压住工人，所以工人要得到完全解放，非先得政权不可。换言之就是要把中产阶级那架国家机关打破（无论君主立宪或议院政治），而建设一架无产阶级机关——苏维埃。无产阶级不获得政权，万不能得到经济的解放，比如生长于现政治下的工团主义（经济的职业的，而非政治的）充其量不过是运动到产业国有，由资本家的“公司”里运动到资本家的“国”里去，这不但于工人无益，而且反巩固“资本家国”的产业组织，以后工人愈难解放。比如三角同盟国有运动，自去年到现在，没生一点效，现在矿工为增加工钱减少煤价争议数月（矿工已发停工预告定期本二十五），政府、公司丝毫不动。所以我们专门经济的职业的工团运动，经久不能超出“工钱物价问题”，如何能得到解放呢？至于现在俄的工团就不然了，“工钱”、“物价”都由工团自定，生产管理与分配，工团与全国经济最高苏维埃共同执行。这才真算是解放。然而所以能达到这步，因为他获得了政权。现世经济政治早已打成一片，怎么会容许你单做经济解放呢？所以现在有两种说法最足延长现政治之危险而暗杀工人阶级：

（一）反唯物史观。以为以此启发阶级战争的动机太卑下而不高尚！

（二）分离经济与政治，教工人专去做经济运动，做保护职业的运动，使他们永世生息于资本家剥削政治之下！

这两种危险的说法，凡冬烘先生（欧美如此）及资本家御用的改良派社会学者总是瞎眼说去，不怕害死工人！

资本家帝国主义者的大战爆发，于是各国不真实的社会党及工党，尽向军国主义投降（即向资本家投降），尽变为叛逆，爱国的社会党和工党，有两个叛逆的总机关：一为第二国际党，一为万国工会。

忠于马克思主义的布尔塞维克，既已把俄罗斯完全彻底的建设共主义，于一九一八年改名共产党，与德李伯克奈希、罗森堡，所手创的斯巴达加斯团（不久亦改名共产党），及匈贝拉赓所组的共产党，组织“第三国际党”（即万国共产党），一九一九年三月四日（正资本家分赃会议在巴黎热闹时），在木斯哥成立。加入的团体共三十五个。高丽亦以劳动联合会的名义加入，波斯、印度、土耳其等，以东亚民族解放大联盟的名义加入，独中日没有团体！万国共产党即世界革命的总机关，这是无产阶级极彻底的、极真实的、极具主义方略的、真正的国际组织，与没气焰的资本阶级的国际联盟针锋对立。俄十月革命成，各国犯了罪的革命党及工党又疑又怕，去年二月已死的第二国际党，在柏伦死灰后燃，开了一次大会，赞扬俄革命的占多数，诋毁的尽为犯罪已深（入了战时内阁）及执迷不悟的改良派，不久大多数纷纷宣布脱离第二国际党。其中的大党如德独立社会党、法统一社会党、英独立劳动党、西班牙社会党、瑞士社会左党等等，并宣布与第三国际党商议加入条件。故今年七月万国共产党开第二次大会。中西南欧及美社会党都预会，中国亦有两个代表，但无团体名义。现中西欧各代表已返国，正在开全国大会讨论即刻加入。中西欧各社会党战时屈伏于军国主义之下，多少违犯了主义，此缘于平日改良派及修正派之恶劣影响。现在完全的马克思主义及无产阶级专政既在俄罗斯实现有效，于是各国觉悟的工人莫不醉心于红色化。而各国社会党和工党大呈分裂之状。从中把持的无非是几个改良派、修正派、中立派的旧首领，这种首领在各国觉悟的工人阶级中，不久即会遭淘汰。现在英、法、美，共产党（英八月成立的）业已成立，加入万国共产党，所以英、法、美的社会党非加入则不能立足（因违反工人的要求故），我今把美、中、西南欧巴尔干，及东亚的已加入或即将加入万国共产党的略举如下：

美，已成立三个共产党，加入木斯哥。社会党（已与木斯哥大会）势力不大，首领为豆伯斯，因反对战争，现还关在牢里。美 I.W.W. 势力亦弱，但主张阶级战争，为美劳工的真正组织，已参预木斯哥大会。美势力最大的劳动联合会的领袖为刚伯斯，极旧极反动（木斯哥指名排斥）。社会党和I.W.W. 都参与木斯哥大会，与第二国际党及黄色的万国工会脱离关系。

英，不列颠社会党与别的三个团体，自去夏商议组织与俄一致的共产党，今年八月一日成立，加入木斯哥万国共产党。英共产党始拟不令劳动党加入（党员已近五百万），列宁力主可容其加入。独立劳动党已宣告脱离第二国际党与木斯哥商议国际改造，现英劳动党阶级战争的色彩益明，援俄及国际运动甚力（近又派代表参预俄波和议）。三角同盟将与俄工团于今秋冬发起红色的万国工会，打破死灰后燃之老的黄的万国工会（他有七千万会员），反动的工党旧首领将被排斥。

法，统一社会党之极左翼，已组成共产党。为万国共产党之一部。统一社会党今年二月宣布脱离第二国际党，与第三国际党协商加入，此次派二代表与木斯哥万国共产党第二次大会。木斯哥加入的条件极严，大略如下：

1. 改名为共产党，以后一切宣传运动皆为共产党性质。

2. 排除右翼的改良派、爱国派、中立派、入阁派的首领，然后才准加入。

二代表已返国，即将开全国大会，讨论加入条件。法工党首领为霞华，木斯哥指名排斥，要法工人将此人驱逐。

德，独立社会党去年十一月大会，宣布脱离第二国际党，与木斯哥商议加入，昨派四代表与木斯哥第二次大会。加入条件与对法略同，要他排除右翼首领才准加入。独党十月将开会讨论此事。斯巴达加斯团改名共产党，为万国共产党主要份子之一。德工党旧首领为莱琴，木斯哥指名排斥。

西班牙，工人社会党已于前二月脱离第二国际党，正式加入万国共产党。

比利时，社会党为爱国、入阁、卖主义的首领所把持。共产党已成立。

意大利，社会党右翼已正式加入万国共产党。劳动联合总会亦加入，社会党右翼的改良派将于下次大会被除名。意近日劳动运动占领工场，管理生产，绝非国有运动可比。

匈奥，其社会民主党与德多数党一样的与中产阶级联盟揽政权，在社会主义上已宣布死刑，匈共产党为发起万国共产党之一，奥共产党也是其中一员。

雅各斯拉夫，共产党运动极得势，此次城邑选举大获胜利，中产党皆失败，去年三月即加入木斯哥。

捷克斯拉夫，共产党去年三月加入木斯哥。社会党团体有八，现组织政府，此次不应法命助波攻俄，社会党政府参与有力。

保加利亚，战后破产，共产运动极盛，上次国会选举获选五十名之多。与中产阶级联盟的社会党一败涂地。现俄共产党的党纲，在保销行八十万卷。去年三月即加入木斯哥。

罗马尼亚，战后军国主义大盛。共产党运动亦盛，去年三月加入木斯哥，此次多瑙河流域三小协约国，不听法命助波攻俄，即三国共产党之力。

东亚，印度共产党已成立，去年即加入木斯哥，我在法报见其宣言。

土耳其，共产党于今年八月成立。昨波斯、印度、埃及、土耳其代表于参与木斯哥二次大会之后，又在巴库开东亚民族解放大同盟的大会。印度又于八月成立八百万工人的联合会。法统一社会党及《人道报》派代表赴印度祝贺。高丽去年三月以高丽劳动联合会名义加入木斯哥，此次又有二代表与第二次大会，中日亦有代表，但不见团体名义。

以上所举系荦荦大者，观此亦可知世界大势所趋。而中国民众运动幼稚如此，将怎样呢？我以为非组织与俄一致的（原理方法都一致）共产党，则民众运动、劳动运动、改造运动皆不会有力，不会彻底。

布尔塞维克与门色维克（先同属社会民主党）的分裂，开首是争党员加入的条件，布派主张极严格，门派主张宽大。其后布党主张极端的行以下的公式，即阶级战争 + 无产阶级专政 =Soviets，而门派还主张与中产阶级联盟，所以十月革命不得不起。现在布党改名为共产党，加入条件仍极严格，所以十月革命时的党员仅万人（极确实的份子），现在不过六十万。现在入党条件如下：（1）二人介绍于地方支部。（2）入党的实习所受训练三月，作为后补入党之期。（3）实习所的指导员一步一步引导他们到共产主义的生活上来，并令他到共产主义的学校去听讲。（4）不能确信主义及遵守的除名。（5）如指导员认训练未成熟，须再受训练三月。（6）然后具愿书三份，须守党的“铁的纪律”。党的组织为极集权的组织，党的纪律为铁的纪律，必如此才能养成少数极觉悟极有组织的份子，适应战争时代及担负偌大的改造事业（现全俄政府每部的事纵多不过十余人担任，全国劳动联合总会五人担任）。党的最高机关为中央委员会。党中设宣传运动部、组织教育部、调查统计部、义务劳动部（此部专为党员做星期下午的义务劳动，以为社会倡率而设）。在十月革命前，党的方略为多方面的，无论报纸、议院、团体，以及各种运动绝对受中央委员会的指挥和监督，绝不准单独自由行动，所以议院行动在各国社会党弊端百出，以致工人不信用政治行动。而在布党适得其反，他第一从根本上否定中产阶级的议院主义；第二以为应入到里面去打破他，一面党的群众在外面酿革命风潮，一面党的议员在议坛上酿风潮，队员亦须参预群众行动，利用选举战争为宣传运动，而不在得票多少；第三党的议员一言一语，皆须依中央委员会所授命的态度（革命的），一面在议院内做合法的工作，一面又在议院外做非法的工作，一等运动成熟，即打倒议院和政府，而做完全的革命行动。十月革命时，俄工团份子约百五十万，大多数反对布党的主张。不及数月布党在各工团中都组有党的团体，将反动的首领驱逐，一变而为多数赞成布党的主张。即如十月二十五日，乃是一种定期的革命，是日开全俄苏维埃第二次大会，列宁所提出的议案为将临时政府的政权移与全俄苏维埃。孟党及中产阶级各党和克伦斯基都到会投票，结果工人与兵尽赞成将全政权移与苏维埃，于是克伦斯基只得跑了。这完全是一种组织的革命，绝不是流血的革命。革命的标准在客观而不在主观，有一干人生怕革命，其实是错了，凡社会上发生了种种问题，而现社会现制度不能解决他，那末革命是一定不能免的了。你看中国今日所发生的问题，那一种能在现社会现制度之下解决？所以中国的社会革命，一定不能免的。不趁此时加一番彻底的组织，将来流血恐怖自然比有组织要狠些。有了强有力的组织，或者还可以免掉。所以我认党的组织是很重要的。组织的步骤：（1）结合极有此种了解及主张的人，组织一个研究宣传的团体及出版物。（2）普遍联络各处做一个要求集会、结社、出版自由的运动，取消治安警察法及报纸条例。（3）严格的物色确实党员，分布在各职业机关，工厂、农场、议会等处。（4）显然公布一种有力的出版物，然后明目张胆正式成立一个中国共产党。现在组织研究宣传部之外，更可组织一调查统计部，研究宣传部调查统计部与出版物三者现在可打成一片而潜在从事。比如我在外国可调查俄国及各国的情形，你在国内可调查各省情形，将人口、地土、产业、交通、劳动状况、经济、教育等列为统计，此种材料与研究的著作，皆在一种出版物上发表，出版物又须组织一个审查会。凡游移不定的论说及与主义矛盾的东西，皆不登载。

没有纸了，我的意见一时不能写完，再笼统说几句：我以世界革命运动自俄革命成功以来已经转了一个大方向，这方向就是"无产阶级获得政权来改造社会"。不懂的人以为无产阶级专政是以暴易暴的，不知列宁及万国共产党已再三宣言：专政是由资本主义变到共产主义过渡时代一个必不可少的办法。等到共产主义的社会组织世界组织完成了，阶级没有了，于是政权与国家一律取消。故现在各国的无政府党与工团的见到了的份子，业已改了倾向，我不信这种倾向会错的。无政府党最后的理想我以列宁与他无二致。不过要做到无政府的地步，我以为一定要经俄国现在所用的方法，无产阶级专政乃是一个唯一无二的方法，舍此无方法。试问政权不在手，怎样去改造社会？怎样去组织共产主义的生产和消费？最大的错误，就是他们以为迟一点就会了，殊不知迟一点儿资本家的大战又起了，伏尸流血又不知几千百万，而战死与破产及生活昂贵的大祸，都是无产阶级受了，战胜的中产阶级又不知道要得到好多的赔款和殖民地，而战胜的国际的托辣斯的组织（指国际联盟）将越发巩固，工人真是动也动不得了！第二次资本家的大战战场必在中国。我们还不应准备么？叔衡、惇元、殷柏、启民、章甫，均此。

彬。九月十六日。

（载《新民学会会员通信集》第3集）

附：

毛泽东给蔡和森的信

（一九二一年一月二十一日）

和森兄：

来信于年底始由子升转到。唯物史观是吾党哲学的根据，这是事实，不象唯理观之不能证实而容易被人摇动。我固无研究，但我现在不承认无政府的原理是可以证实的原理，有很强固的理由。一个工厂的政治组织（工厂生产分配管理等），与一个国的政治组织，与世界的政治组织，只有大小不同，没有性质不同。工团主义以国的政治组织与工厂的政治组织异性，谓为另一回事而举以属之另一种人，不是固为曲说以冀苟且偷安，就是愚陋不明事理之正。况乎尚有非得政权则不能发动革命，不能保护革命，不能完成革命，在手段上又有十分必要的理由呢。你这一封信见地极当，我没有一个字不赞成。党一层陈仲甫先生等已在进行组织。出版物一层上海出的《共产党》，你处谅可得到，颇不愧“旗帜鲜明”四字（宣言即仲甫所为）。详情后报。

弟泽东。十年一月二十一日在城南。

（载《新民学会会员通信集》第 3 集）

马克思学说与中国无产阶级

（一九二一年二月十一日）

独秀先生：

闻公主张社会主义而张东荪欢迎资本主义，两方驳论未得而见，殊以为憾。和森为极端马克思派，极端主张：

唯物史观

阶级战争

无产阶级专政，

所以对于初期的社会主义，乌托邦的共产主义，不识时务穿着理想的绣花衣裳的无政府主义，专主经济行动的工团主义，调和劳资以延长资本政治的吉尔特社会主义，以及修正派的社会主义，一律排斥批评，不留余地。以为这些东西都是阻碍世界革命的障碍物（其说甚长兹不能尽）；而尤其深恶痛绝参杂中产阶级思潮的修正派，专恃议院行动的改良派，动言特别情形特别背影以及专恃经济变化说的投机派，以为叛逆社会党、爱国社会党，都是这些东西的产物。窃以为马克思主义的骨髓在综合革命说与进化说（Revolution et evolution）。

专恃革命说则必流为感情的革命主义，专恃进化说则必流为经济的或地域的投机派主义。马克思主义所以立于不败之地者，全在综合此两点耳。马克思的学理由三点出发：在历史上发明他的唯物史观；在经济上发明他的资本论；在政治上发明他的阶级战争说。三者一以贯之，遂成为革命的马克思主义。社会革命完全为无产阶级的革命。现今全世界只有两个敌对的阶级存在，就是中产阶级与无产阶级。中产阶级以上没有第二阶级，无产阶级以下没有第三阶级。因为交通发达的结果，资本主义如水银泼地，无孔不入，故东方久已隶属于西方，农业国久已隶属于工业国，野蛮国久已隶属于文明国，而为其经济的或政治的殖民地。因此经济上的压迫，东方农业国野蛮国的无产阶级之所受较西方工业国文明国无产阶级之所受为尤重。因为西方工业国文明国的资本帝国主义常常可以掠夺一些殖民地或势力地带以和缓他本国“剩余生产”“剩余劳动”的两种恐慌，而分余润于其无产阶级（贿买工头及工联领袖，略加一般劳动者的工资，设贫民学校以及可以买工人欢心的慈善事业，使工人阶级感怀恩惠）；因此西方大工业国的无产阶级常常受其资本家的贿买笼络而不自觉，社会党、劳动党中改良主义投机主义盛行，而与资本主义狼狈相倚，此所以社会革命不发生于资本集中，工业极盛，殖民地极富之英、美、法，而发于殖民地极少，工业落后之农业国俄罗斯也。因为俄罗斯在经济地位上久已隶属于西方工业国，而他那上古式的农业生产法又抵当法（小机械农业）、美（大机械农业）机器的农业生产法不住；所以农产品一入国际市场不能与法、美相竞，因此农民及无产阶级受国际的经济压迫便异常之大，加以大战破产，社会革命遂起。由此就可推论中国社会革命了。中国受国际资本帝国主义的经济压迫到了那步田地？自身的生产方法还是三代以上的，自己不能供自己的需要，五大强的商品，开始由大炮送进来；继之由本身的需要扯进来，这种经济侵略孰能御之。大机器生产品日日浩浩荡荡的输进来，于是三代以上的手工生产者一批一批的失其职业。现在中国失业人数到了那步田地？换言之，就是为经济压迫不能生活者的人数到了那步田地？我敢说一句，现在中国四万万人有三万万五千万不能生活了。到了这个地步，三万万五千万人惟有两条路走：（一）流为盗贼、土匪、流氓、痞子以至饿死、乱死、战死、争夺扰攘而死……（二）三万万五千万人公然自行提出其生死问题于中国社会，及为中国经济的主人翁五大强之前，请其依革命的意见解决。如其不能，我们恐怕免不了社会革命的命运。到了这个时候，革命之爆发乃是必然的趋势，也如自然力的雷电之爆发一样，行所必然，什么成败利钝都不会顾，什么改造的理想家、大学问家都也把持不下地。这是最大多数的生死临头问题，纵然革命的经济条件、生产条件不具足，革命后会被围困封锁而饿死，但使群众一旦觉悟，与其为盗贼、土匪、流氓、痞子而饿死、乱死、争夺扰攘而死，死得不值；毋宁为革命而战死而饿死，死得荣誉。社会革命的标准在客观的事实，而不在主观的理想，在无产阶级经济生活，被压迫被剥削的程度之深浅，及阶级觉悟的程度之深浅，而不在智识程度、道德程度之深浅。自来一般中产阶级学者或空想的社会改造家，好以他个人的头脑来支配世界，视社会改造或社会革命为几个圣贤豪杰、伟人志士、思想家、学问家的掌上珠、图案画和绣花衣，任凭他们几个人的主观理想去预定，去制造，去点缀，去修饰，去和颜配色，去装腔作势，去包揽把持，去迟早其时，去上下其手，指挥群众如此如彼的做去便是，这真愚妄极了。我敢大声唤破这种迷梦：社会革命与染有中产阶级色彩的思想家和被中产阶级学说、教育、势力薰坏的改造家全无干涉。任凭你们怎样把你们的理想学说绣得好看，雕得好玩，总与无产阶级的生死问题不能接近，不过在资本家的花园里开得好看，在资本家的翰林园内供他的御用罢了。一旦无产阶级的生死问题迫来，有如一九一七年的俄国饥民要面包，兵士要停战，工人要工厂，农人要土地，乱七八糟爆发起来，任凭那些中产阶级学者及自命为理想的改造家，凭依军阀、财阀而结为神圣同盟，也是遏制不住的。今日中国大多数的生活问题迫到了这个田地，贤人派的力量纵大，恐怕有点遏制社会革命的自然力不住！马克思的革命说完全立于客观的必然论之上，革命既是必然的，然而我们无产阶级的觉悟者何以要去唤醒同阶级的觉悟呢？（一）因为我们自身既已觉得痛苦之所由来（不由命运而完全由于私有财产制），便逸然不能终日。（二）对于同阶级的人有同病相怜的同情。（三）任其自然实现，时间延长，牺牲数量太大，无产阶级每日直接间接死于穷困者不知若干，直接间接死于战争者不知若干。若过三、五、十年再经一次世界大战，纵少又要死伤四五千万。具此三个理由，所以我们无产阶级早已痛不堪痛（今日由段祺瑞下动员令送到这个战场上去死；明日由曹锟张作霖下动员令送到那个战场上去死！天灾、人祸、穷困、死亡，日日团着我们！！！）忍不堪忍了，还论甚么革命的经济条件具足不具足？不过我们无产阶级革命，在计划上讲起来，殊有于未革命以前，做一个大大的经济变化运动之必要。这个运动怎样做呢？就是我们无产阶级社会党，应亟于各大都会组织同阶级之失业者，最下层的贫困无告者，第一步公然起来向政府论南北要求"生存权"和"劳动权"，迫令政府即向五国银团大借实业外债。第二步要求监督实业借款的用途。第三步要求产业及政治管理权。独秀先生：现在英、法、美、意的劳动运动，刚才接近第三步，还没达到目的。我们若有识力有决心，必可于最短时期突过欧、美的劳动运动。我以为社会运动为社会革命之起点，社会革命为社会运动之成熟，即综合 evolution et revolution 之意，如此才可立于不败之地，而不致流为卤莽灭裂毫无计划的感情革命主义，和审时度势坐以待毙的投机主义。我深以上列三个具体步骤，为中国社会运动，社会改造的不二法门。盖承此纷争破产之后，四五年中，资本主义必勃然而兴，与其待军阀财阀勾结五大强来巩固资本主义于中国，不如由无产阶级先发制人，取其利而避其害。盖生产之三要素，中国具二而缺一（有劳力原料而无资本），全国生命遂握于五大资本帝国之手。若我们无产阶级不先发制人之计，则必受制于人，则必坐待资本主义之来而无可如何，则必待五大强国社会革命之后，我们才能革命，那就真闷死人，真不值，真不经济了！先生！劳动解放绝不是一个地方、一个国家、一个民族的问题，乃是一个世界的社会问题，马克思社会主义乃是国际的社会主义，我们绝不要带地域的民族的色彩。中国的阶级战争，就是国际的阶级战争。说中国没有大中产阶级，阶级战争用不著的，固然是忘记了中国在国际上的经济地位，忘记了外国资本家早已为了中国无产阶级的主人，而说中国的阶级战争就是最大多数的劳动者对于本国几个可怜的资本家的战争，也同是忘了中国在国际上的经济地位，也同是忘记了外国资本家早已为了中国无产阶级的主人。故我认定中国的阶级战争乃是国际的阶级战争。中国已经兴起了的几个资本家，和将兴起的资本阶级，不过为五大强国资本阶级的附属罢了。我认定全国人民除极少数的军阀、财阀、资本家以外，其余不是全无产阶级，就是小中产阶级，而小中产阶级就是无产阶级的候补者。你看现在中国的中产之家有几多能自给其生活，教养其子女，而不感穷困者。故以我看来，中国完全是个无产阶级的国（大中产阶级为数极少，全无产阶级最多，半无产阶级——即中等之家——次之）；中国的资本阶级就是五大强国的资本阶级（本国极少数的军阀、财阀、资本家附属于其中），中国的阶级战争就是国际的阶级战争。独秀先生！我是极端主张无产阶级专政的。我的主张不是主观的，乃是客观的，必然的。因为阶级战争是阶级社会必然的结果；阶级专政又是阶级战争必然的结果；不过无产阶级专政与中产阶级专政有大不同的两点：（一）中产阶级专政是永久的目的；无产阶级专政是暂时必然的手段。其目的在取消阶级。无产阶级不专政，则不能使中产阶级夷而与无产阶级为伍，同为一个权利义务平等的阶级，即不能取消阶级；不能取消阶级，世界永不能和平大同。（二）中产阶级专政假名为“德莫克拉西”；而无产阶级专政公然叫做“狄克推多”，因此便惹起一般残人的误会和反对。其实这是事有必至理有固然的，任你如何反抗，历史的过程定要如此经过的。

以上拉杂写了一长篇，请先生指正，并请交换意见。和森感国内言论沉寂，有主义、有系统的出版物几未之见（从前惟《星期评论》差善），至于各国社会运动的真情，尤其隔膜得很。甚想以我读书阅报之所得，做一种有系统、有主张、极鲜明强固的文化运动。意欲择定论机关之同趣者发表之。

蔡和森一九二一，二，十一，在法国蒙达尼

蔡和森先生：

我前几天回到上海才见着你的信，所以久未答复，实在抱歉之至。来信所说的问题甚大，现在只能简单说一说我的私见。

尊论所谓“综合革命说与进化说”，固然是马克思主义的骨髓，也正是有些人对于马克思主义怀疑的一个最大的要害。怀疑的地方就是：马克思一面主张人为的革命说；一面又主张唯物史观，类乎一种自然进化说，这两说不免自相矛盾。鄙意以为唯物史观是研究过去历史之经济的说明，主张革命是我们创造将来历史之最努力最有效的方法，二者似乎有点不同。唯物史观固然含着有自然进化的意义，但是他的要义并不只此，我以为唯物史观底要义是告诉我们：历史上一切制度底变化是随着经济制度底变化而变化的。我们因为这个要义底指示，在创造将来的历史上，得了三个教训：（一）一种经济制度要崩坏时，其他制度也必然要跟着崩坏，是不能用人力来保守的；（二）我们对于改造社会底主张，不可蔑视现社会经济的事实；（三）我们改造社会应当首先从改造经济制度入手。在第（一）（二）教训里面，我们固然不能忘了自然进化的法则，然同时我们也不能忘了人类确有利用自然法则来征服自然的事实，所以我们在第（三）教训内可以学得创造历史之最有效最根本的方法，即经济制度的革命。照我这样解释，马克思主义并没有什么矛盾。若是把唯物史观看做一种挨板的自然进化说，那末，马克思主义便成了完全机械论的哲学，不仅是对于历史之经济的说明了，先生以为如何？此理说来甚长，我这不过是最简单的解释，很盼望赞成或反对马克思主义的人加以详细的讨论。

独秀

（载《新青年》9卷4号〈1921年8月1日〉署名：蔡和森）

中国劳动运动应取的方针

（一九二二年五月一日）

一、劳动运动的目的与原则

自近世生产的土地、工具、资本日日集中，归最少数人私有后，最大多数的人就不能为他们自己的消费而生产。最大多数的人要维持他们自己的生存，只有向占领一切生产手段的资本家卖力，才能得着少许工钱，去买生活的物质。由此资本主义的工钱劳动制，就成为近世工人的铁锁。工人们不向资本家去卖力就只有饿死一条路！

然则工人阶级的命运，果真只有“卖力”与“饿死”两条路吗？这两条路是谁命定的，是八字或“上帝”命定的吗？不是的；是资本主义的私有财产制命定的。然则工人阶级要从“卖力”与“饿死”两条路中解放出来，就只有根本推翻资本主义的私有财产制，将一切生产手段——即土地、资本——收归社会公有，才能打破这把工钱制度的铁锁，而直接过那“为消费而生产”的社会生活。

“一切生产手段收归社会公有”，这就是劳动运动根本的目的。

但是怎样能达到这个目的呢？惟一的方法，就只有实行阶级争斗与社会革命。请看以下简单的理由，就明瞭这种方法之适当而且必要了。

近世资本主义的社会，是建筑在“以资本掠夺劳动”的根本冲突之上的。这样的冲突是怎样一回事呢？就是最大多数劳动者的生产品，归最少数不劳动的资本家所占有。近世社会“劳”、“资”两阶级的关系就完全建筑在这样经济事实的根本冲突上面。这样的冲突，只有根本改造社会制度才能解决；调和妥协，是万万不能解决的。

譬如“增加工钱”、“减少时间”，这本是劳动运动迫切的急务；但这不过是工人阶级在社会革命未实现以前，为一天一天的生活所压迫，不得不日日从事这种救急的要求运动罢了。每每要求一次，妥协一次，最好的结果，不过是资本家从这方面增加几个工钱，从那方面抬高物价罢了。所以单靠这样的运动，工人阶级是永远不能摆脱工钱的铁锁，逃出“卖力”、“饿死”的圈套的，换过说，就是工人阶级永远不能超出“工钱奴隶”的地位。

故在社会革命未实现以前，一天一天的要求运动虽然是必要做的，但是要以阶级争斗的精神去做，万不要以阶级妥协的精神去做。敌对阶级之间，只有“战胜”与“战败”可言，没有“调和”与“妥协”可言。譬如这次总罢工，要求增加工钱若干，目的达到了，就是一次小胜利；没有达到，就是一次小失败。失败了，固要抖擞精神再图战争；就是胜利了也更要一息不懈，愈接愈厉。争斗一次，就要把范围扩张一次，性质严重一次，战斗力团整并发扬一次，阶级觉悟和阶级抵抗显著一次。由一地方一行业的争斗，酿成全国全阶级的争斗，由继续不停的阶级争斗，酿成总解决的社会革命，实行取消阶级，建筑共同生产，共同消费的共产主义社会，工人阶级从此完全解放，人类社会也就从此没有“人掠夺人”的罪恶制度了。

“由继续不停的阶级争斗，酿成总解决的社会革命，实行取消阶级，建筑共同生产共同消费的共产主义社会”，这就是劳动运动的根本原则。

二、中国资本主义可怕的形势

凡工业后进国的经济生活，未有不受工业先进国的操纵、压迫的，至于被侵略的弱国、殖民地就更不待说了。中国无用说是被国际资本主义侵略的弱国，但中国的资本家是不受害的，受害的只有工人阶级。

资本家不但不受害，而且他们所借以上升的楼梯就是国际资本。原来工业后进国的资产阶级不过是国际资本的附属品。他们必须仰仗国际资本，才能开工厂、开公司、开银行。他们的工业资本、银元资本既须仰仗于外资，所以他们的资格无异就是英、美、法、日资本家的驻华代表。最显著的例，就是旧交通系和新交通系。

但他们以怎样的方法取得与国际资本勾结的地位呢？就是尽先占领国家机关，和夺取政权。譬如新旧交通系各首领，类皆为穷鬼、无赖、留学生出身，他们现在的资本和“财神”资格，都是由他们长期在交通部、外交部、中交两银行以及别的政府重要机关中取得的。国际资产阶级要在中国树立一个保护债权，巩固其长久侵略地位的附属资产阶级，就舍却他们莫属了。

中国的资本家，现在虽然不仅只有新旧交通系，但是最近的将来，一面为国际资本所资助，一面结合野蛮的反动势力，来争夺全政权，以建筑恐怖政治与资本政治于中国的，迟早就是他们。由此中国的资本主义就将完全形成为“恐怖的资本主义”，质言之，就是“张作霖与梁士诒式的资本主义”。

据欧美各国的历史看来，资本主义的大发展，总是在资产阶级获得政权，和资本政治巩固之中及巩固之后。同样的事情，现在就轮到中国来了。中国资产阶级，现在虽然这样微弱、无能，但是他们的第一举必然是掠夺政权，凭着国家机关，吸收外资，以供私人的产业经营；凭着国家权力、军警、法律、议院以高压工人阶级，他们将以“戒严令”统治工厂的工人，以“枪毙”对待罢工者。

总之，在中国现在半封建的武人政治之下，无论那派军阀财阀得势所形成的资本主义，总不外是“恐怖的资本主义”。这样“恐怖的资本主义”正是英、美、法、日国际资产阶级要求在中国赶快建设的。

三、劳动运动应取的方针

然则无产阶级怎样对付这种“恐怖的资本主义”呢？惟一的办法，只有无产阶级起来夺取政权，组织工、兵、农的国家机关，没收一切生产手段——地、大工厂、资本——和交通工具为国有，以社会主义的生产方法，发展中国的大生产事业，以建筑共产社会的经济基础。

原来资本主义在中国，无论如何，是不能充分发达而解决中国经济问题的。这是怎样说呢？分两层解释于下：

第一，就是因为国际资本主义始终是要以中国为原料地和销场，而不容许中国为完全的大工业国。假使中国完全变成为工业生产国，不但根本杜绝英、美、法、日的销路，而且中国加倍的价廉物美的商品反将输出于国外的市场，而占国际贸易的优势，那末国际资本主义无异是养成杀他自己的刽子手了。这是国际资本主义断不容许中国如此的。中国的工业一天发达一天，入口的商品就要一天减少一天；同时英、美、日、法内部的失业问题，便将一天扩大一天。这是英、美、日、法的资本家会容许的吗？决不会的。所以希望充分的外资来开发中国的实业，这不过是一种梦想罢了。

第二，然则中国的资本家，可不仰仗外资，而专靠集中“国内资本”来振兴实业吗？集中国内资本，可以办得几个工厂，可以修得几条铁路？这乃是完全不明国际情形和近世产业性质的稚想。自近世资本主义国际化以来，业已把东方隶属于西方了，农业国隶属于工业国了，野蛮国隶属于文明国了，还能成立锁国自立的“本国资本主义”吗？

国际资本既不容许中国生产事业大大发展，而国家资本又如此微弱，不能独立经营甚么大产业，然则资本主义在中国的运命就可想而知了。

资本主义在中国之必然的要倒霉、要短命，就是共产主义在中国必然的要行运，要快来的对照。故中国劳动运动的根本方针惟有“早日在中国实行社会革命以促成世界革命，用国际共产主义的资本开发中国的实业”。

（载《先驱》第7期　署名：和森）

日本帝国主义与张作霖

（一九二二年十月四日）

本月二十日，《申报》和《时事新报》载日本对俄外交决保海参威政府存在及东三省独立自主，俾远东多设缓冲小国，使“红色主义”不入黄海。又载张作霖于本月初派张宗昌赴威，与威政府为军事上之接洽，其大要为：（一）奉天亟需之各种军用品，望威政府尽量供给；（二）此后奉天与海参威实行互助，如有军事上之需要，应互相援助，并可议订协定。二十五日上海各报更载东京来电道：《国民新闻》载称，海参威狄特里志斯政府与张作霖订成密约，海参威所存大批军火已照约运往奉天。东京陆军当道称日兵退出海参威后，存于该埠之军火不得不入于狄特里志斯将军之手，狄氏大约将与张作霖结合抗拒莫斯科与赤塔政府，陆军当道又谓兹闻狄、张已开谈判云。据二十八日上海各报，则海埠大批军火之运抵奉天者，已经共有二十二列车了，惟最后数车被海关扣留。又《时事新报》载二十九日东京来电道：《国民新闻》复载海参威军火事，谓日本军阀已与张作霖及狄特里志斯商定设缓冲国并组织财政团资助张、狄之计划，参谋部近加派陆军随员八人至关东，名赴关东，实往助张作霖耳。《国民新闻》所引之陆军省人员否认设立缓冲国之计划，惟承认没收之军火一部分不知去向，谓现正由外交部省派员调查运往何处。

由以上的消息，我们可看出下列几点：（一）日本帝国主义这种对俄政策，完全是模仿法兰西扶植波兰与罗马尼亚以反抗苏维埃俄罗斯的故智；（二）今后国际帝国主义者都将借“防遏过激主义”为口实，把中国分裂为各自的殖民地和“缓冲小国”，日本对东三省的计划成功了，英国对于西藏，法国对于云贵……便将取同一步骤；（三）中国封建割据的局势，将因国际帝国主义者这种可怕的政策而愈益严重；（四）张作霖这个红胡子不仅为中国和平独立统一的魔鬼，而且成为国际帝国主义和反革命的凶恶机械。

被两重压迫的中国同胞们，你们看呵：日本帝国主义这种对俄政策的背面，还埋着英、法、美帝国主义的伏兵呀！日本不过是尽先向东三省下手呀！从此东三省割据的形势，将因日本和英、法、美帝国主义者的合作愈益巩固，而那二十二列车的军火，不久又将瞄准中国人开呀！

（载《向导》第4期　署名：振宇）

吴佩孚真会拣择便宜货

（一九二二年十月二十五日）

据《申报》十九日北京通信：吴佩孚对张溥泉君自命为中山先生志同道合之知己，愿中山先生弃却胡匪卖国贼，与他“同立百年之业”。他说：“孙先生之主义我已夙闻之：主张统一、振兴实业、办理兵工。一、二两项，我之赞同自不待言，至兵工主义……我既有兵，且已着手实行，我之第三师即可作孙先生主义之试验品也。”

吴大军阀，你的眼色真不错：“统一”、“实业”、“兵工”这三件便宜的假面具，你都挑选着了，真不愧为“识时务”的秀才！但我们要明白告诉你：孙先生的主义是整个的三民主义，你不好只挑选几样便宜货；而且他是要以革命的手段来达到统一的，“实业”、“兵工”乃是由革命胜利而达到统一以后的事业，现在那谈得到呢？你真个要与他“同立百年之业”吗？第一须依照他的民族主义，做点有利于中华民族独立的外交表示，赞同他的中德俄联盟政策；第二须依照他的民权主义，至少撤废治安警察条例，使人民得到各种自由权利；第三须依照他的民生主义，至少现在不要派兵弹压唐山罢工的工人，不要请美国帝国主义的驻兵去压迫中国劳苦群众。这三桩至低限度的事情你还办不到呢，你自己去照照镜子：你好过胡匪卖国贼的地方在那里？已成日本帝国主义爪牙的“胡匪卖国贼”，固然人不屑道；而将成英美帝国主义爪牙的“秀才爱国家”，身分就高得多吗？

（载《向导》第 7 期　署名：和森）

请看外国帝国主义在中国捣些什么鬼

（一九二二年十一月二十二日）

津派倒阁，报载背后有外交意味，在防止鲁案届期签字。你看是捣什么鬼？

现在在北京政府中最擅权的美国帝国主义顾问辛博森将运动打消英日同盟的底稿，付与京津《泰晤士报》发表。你看这是捣什么鬼？

“非俟统一不借款”的新银行团，现在一面摆出“总算账”的龙门阵，一面又注意单独的地方投资（见十八日《申报》）。史蒂芬从四川跑转来又申言：“新银团借款，视担保品确实与否为准，铁路管理得法，系良好担保，闽事无妨于借款。”你看这是捣什么鬼？

京津《泰晤士报》、《字林西报》、《密勒评论》，以及其他外国帝国主义在中国的机关报，天天为陈（炯明）吴（佩孚）两军阀制造携手的空气；天天想挑剔中国人民对于苏维埃俄罗斯的恶感；天天制造空气，防止国民党帮助各处罢工，使他（国民党）不能与群众接触而缩小国民革命的势力基础。你看这是捣什么鬼？

外国帝国主义者看见中国近来劳动运动的潮流渐渐涨高了，于是他们一面赞美中国的旧行会制度，一面雇用些基督徒到工会中去宣传他们甚么“英美国际”，而且上海《泰晤士报》的记者，居然写信给一些招牌工会通殷诚。你看这是捣什么鬼？

（载《先驱》第 11 期　署名：和森）

赔偿问题与帝国主义

（一九二三年一月十八—三十一日）

一九二三年资本主义世界开始的现象：一面美国舰队集中太平洋；一面法国十二万大军进占鲁尔。这种现象，就是表现帝国主义战争在资本主义的旧中心（英、法、德）和资本主义的新中心（美、日）同时抬头，向全世界人类示威！

赔偿问题所以至今不能解决，根本原因就在法国帝国主义、英国帝国主义、美国帝国主义之间政治经济的利害冲突。这种冲突，资本主义的自身，是证明没有方法可以解决的。

一九二一年春季，协约国以最后通牒强迫德国所承受的赔款总额为一千三百二十亿金马克。这个数目等于德国全国财富的半数，纵然分为三十年偿付，事实上是做不到的。照伦敦会议的决议，德国每年应付二十亿金马克。以一九二一年五月间每元值六十个纸马克计算，二十亿金马克等于二百八十亿纸马克。德国交付第一批赔款后，纸马克价格异常跌落。开恩斯会议虽把一九二二年二十亿金马克之数减为七万二千万金马克，但以当时跌价之纸马克计算，七万二千万金马克等于五百一十亿纸马克。实际上偿付额不仅未减，而且增加。当时德国希望国际借款成立，但美国银行家宣言：凡尔赛和约中的经济条款不修正，美国拒绝借款。由此纸马克更大跌特跌，八月初，每元值八百马克以上。即以七月间马克价格计算，七万二千万金马克约等于八千亿纸马克，即偿付额由二百八十亿纸马克增至八千亿纸马克。德国是绝对没有这样偿付能力的，所以法国同时要求偿付货物，先后与德政府及德资本家私人订有威白登（Wiesbaden）和史丁纳（Stine）（德国权倾国家之钢、铁、煤大王）条约，尽量掠夺德国的煤、木、铁等。

当海牙会议还在开会时，德国正式通告赔偿委员会，不能清付到期赔款，请给他一个延期的许诺。那时马克更随着大跌，证据更加充分，使一九二一年三月伦敦会议种种决定，完全成为无效，于是各帝国主义强国间的利害冲突又集注于这点。

取销协约国间的债务问题，早已提出为解决赔偿问题的唯一方法。战前法国债额为二百九十八亿；一场大战的战费为一千七百亿；战后三年，债额总数为三千五百亿佛郎。法国欠美国债额为四百亿金佛郎，欠英国债额为三百亿金佛郎。据上年八月一日贝尔福通牒：德国欠英十四亿五千万镑；俄国欠英六亿五千万镑；协约国欠十四亿镑。英国欠美国的为八亿五千万镑。法国为英国的债户；英国为美国的债户；美国为全世界的债权国。

法国本为大陆上铁的资本主义国，战胜后，由凡尔赛和约掠夺德国煤矿三分之一、铁矿四分之三，于是更由铁的帝国主义兼煤的帝国主义而为欧洲第一等工业国，并且成为英国最可怕的敌竞者。英国经济地位，反降于与德国相竞之域；因为马克跌落，生产费低廉，英国不仅不能恢复德国为市场，德货反畅销于英国及世界各地。所以修改凡尔赛和约，成为英国必争的政策。英国早就对法国说：“或是还我的债，或是修改凡尔赛和约。”同时凡尔赛和约对于美国也发生同样不利的影响，所以英国常与美国携手以反对法国。

战后，世界资本主义的中心既由欧洲移于美洲，美国虽然也受凡尔赛和约不利的影响，但因一时国内市场还未恢复，并且即使输出多量物品于欧洲也只换得些不值价的纸币，所以宣言退出欧洲局外，不管他们的闲事。实际，他干与或退出欧洲的态度，全视他资本主义的需要为转移。一年以前，美国失业者曾达六百万以上，他的救济方法有两个：一是巩固国内市场（如增加入口税）；一是输出资本；而救济欧洲一事还非所急。

贝尔福通牒一面表示要索回法国的钱去还美国；一面表示如果美国放弃英国的债，英国也愿意放弃协约国间的债。这个通牒到美国，大受了美国舆论的反对。就是英国国内的意见也纷纷不一，自由党主张完全取销协约国间的债务，保守党也赞成，但有一部分债权者是反对的。美国是完全的债权国，所以反对取销外债；英国债权债务各半，所以主张取销；法国债务超过债权甚远，这种政策于他是很占便宜的。但因为美国反对，则贝尔福通牒无异故意加法国以压迫，所以由此成为美国压英国，英国压法国，法国压德国的形势。

赔偿问题是世界经济恐慌和混乱的主要原因。一面破坏资本主义世界的经济平衡；一面又为减少工钱，增加时间、失业、罢工、战争等现象的来源。德国在赔款政策之下：资本的蓄积，异常减低，虽无失业者而工人因营养不足、马克跌落、工资增加的比例低于物价增加的比例，生产力异常衰退；工人困苦日甚，几至不能买必需的生活品；马克每大跌一次，外貌上商业反大兴盛一次，但结果吸收不到现金，商人都将所得之现金存于外国银行；加以法国实施直接向工厂取偿货物之政策（法取货物于德工厂，工厂向德政府要钱），史丁纳权倾国家，国家权力全被破坏。英国在赔款政策之下：失业者常在几百万之上；减低工资，使成本低廉，以与美、德货物相竞；因而罢工常起；工人阶级政治上的倾向日趋于左，如上次工党左翼在选举中的胜利，就是明证。法国在赔款政策之下：虽然掠夺了许多东西，并且失业恐慌不如英国；但因为德煤输入之故，本国煤业遂受严重影响，直到于今，法国北部煤的出产只有战前一半；此外各种偿付德货在国内市场之竞争，很与一部分工业家以影响，所以反对威白登、史丁纳条约的颇不乏人；法国资本家因此更减少工钱，废止八小时制；但这种方法英、德、美也同样的采用，结果仍是抵御不住；他方面，汇兑率常常随著马克的低落而动摇，财政恐慌因此愈益严重。

资本主义崩坏之显而易见的事实，就是信任制度的动摇，现在欧洲各国差不多以纸币代替了金本位。德币不如法币，法币不如英币，英币不如美币。全世界几乎只有金融巩固的美国能买能卖，但美国也难于做买卖，因为美国银价比欧洲各国的高得多，所以出品的成本也高得多，因而在国际市场上反不能与金融低的各国货品相竞争，因此更不能将货品输出于欧洲。并且在赔款政策之下，马克跌价一次，美国的农产品（素来以欧洲为销场）也要随着跌价一次，农人虽然丰收，而穷困比前更甚；因而农党在美国政治上渐渐得势，最近政府党已分裂，而有要求承认苏俄和参与欧洲事件的急进党出现。

从经济的见地上讲，要救济资本主义崩坏，便须恢复国际间的平衡，要恢复国际间的平衡，只有两个办法：第一注销国际间债务；第二财富国（如美）借款给贫穷国（如德、奥、俄等）。但这种根本挽回资本主义颓运的方法，又始终为帝国主义（资本主义的产儿）所阻挠而不能实现，无论德欠法债，法欠英债，英欠美债，现金偿付都是同一的不可能，所以货物偿付成为国际债务间的原则。假使债权国为生产低的国，那末索还许多货品自然很合经济的需要。现今事实不然，每一个债权国（如美、英）的生产量都比较他的债户高，而且生产过剩，所以索取一次偿付货品便增加一次人家和自己的经济恐慌与混乱。因而国际间的平衡愈益倾畸，即资本主义的本身愈益崩坏。但这种矛盾和危机，资产阶级自身和他们的帝国主义是不能解决的。今再把各帝国主义间的利害冲突详细分析出来：

法国赔偿政策有两种倾向。第一是铁业资本家的计划。这种计划要求占领莱茵河左岸和鲁尔流域，综合罗林的铁与鲁尔的煤，巩固法兰西大工业在全欧洲的优势，并在莱茵建立税关，操纵德货的输出与英、美货之输入；分离占据地与德国的关系，以武力屈伏德国为他的奴隶；最后目的便是分裂德国，使巴维亚等脱离普鲁士而独立，打破德国民族的统一，使德国降为完全无抵抗能力的殖民地，这就是拿破仑式的新计划，这就是从战胜中产出来的法国新帝国主义。

第二是国债票握有者——小资产阶级、农人、官僚们的倾向。这类人所最关心的就是法兰西的财政状况。法国虽无英国一样的工业恐慌，而财政恐慌是顶厉害的。这类人知道要使汇兑稳定而且进步，要减轻军费的负担，只有一个对德和平与亲善的政策可以达到。一部分出口工业资本家也赞成这种倾向，他们主张迅速恢复东欧市场。这种倾向虽遭狂热的帝国主义报纸攻击，却是一天一天的强盛。上年七月中，普恩赉虽然凶光霍霍，却是受了这种倾向的支配。那时普恩赉颇想用和平的方法，利用德国工人做修复法国北部的事业，故一时盛传法国有一个和平解决赔偿问题的政策。据英报所传的内容，大约是英国注销法国的欠债（在美国放弃英债的假定上面），法国大减偿付数目，而使德国的国际借款可以实现。但是八月一日贝尔福的通牒一发，一夜工夫，普恩赉完全转变到第一种倾向去了。

法国欠英三百万万佛郎（合法国总债额百分之十），欠美四百万万佛郎（合法国总债额百分之十五），而总债额为三千万万佛郎。若是取消了英国债务就等于把法国经济地位增进百分之十；英、美两债都取消就等于把法国的经济地位增进百分之二十五。可见取消国际债务问题对于法国是何等重要了。法国把什么做报酬呢？据坎斯（Keynes）等经济学家说，一点价值的报酬也没有。即使他注销比国欠法国的三十万万佛郎，但这是一笔落水账，本来是什么也还不出的；即使他注销一笔相等（与英注销的法债相等）的德国赔偿，但人人知道这笔赔偿，除了不值钱的纸马克外，法国本来索不回这么多的（凡尔赛和约规定法国得德国赔偿总额百分之五十二）。

我们再看英国帝国主义。英国反对普恩赉的政策，并不因为鲁易乔治与波拉劳而不同，因为普恩赉的政策实现就是法国新帝国主义实现，将来英国工业不仅不能与法国竞争，而且经济上反将成为法国的隶属国。实际，英国帝国主义始终是要独霸欧洲，恢复德国势力至相当程度，防止法国拿破仑主义的复活；并且力谋和美国结合，集中一切生产手段于盎格鲁帝国主义者之手，以隶属拉丁各国、中欧各国及全世界的经济生活。他在赔偿问题中，对于法国虽然不肯丝毫退让，他的政策却是很细心很奸巧的。他一面怕法、德资本间有一种合作与妥协，所以对于法国的强暴政策，每每故意任令他去尝试；一面又疑虑于德国经济状况太恢复快了英国将反蒙不利，所以对于注销国际债务是没有诚意的。其实从经济的立脚点看来，英国负担一点注销的法国债务，实在不算什么事。但是他决不肯白送这一笔人情，使法国增加一笔武装费，因为法国的大炮多半是准备向英国放的。

至于由大战新兴的美国帝国主义，如英如法都自然的降为他的经济隶属国，他的政策自然在巩固并发展这种世界的帝国主义之无上地位。他不仅要隶属欧洲那一国，并且极力经营下次太平洋战争的形势，因为将来太平洋战争就是决定他奴隶全世界的命运的。以美国的富力说，取消英法债务，真不过九牛之一毛；但美国始终拒绝将赔偿问题与国际债务问题混作一谈。修改凡尔赛和约，减少赔偿总额，是美国赞成并且主张的；但一谈到取消国际债务，他便声色俱厉的拒绝起来。他这种矛盾政策，与其说他是经济的理由，无宁说他是政治的理由。从哈丁、许斯、摩根（银王）及美国各机关报屡次的宣言和论调看来：美国注销区区国际债务与许诺国际借款去恢复德国的市场是可以的；但是间接被法国拿去增加他的海军（法国至今拒绝批准华盛顿海军条约），实现他的拿破仑主义，美国是抵死不会这样慷慨施恩的。

美国现在是全世界惟一无二的债权国，是资本主义旺盛的新中心，他救济欧洲的设定，当然完全建立在自己资本主义和帝国主义的利益与需要上面，出于这个原则，他是不管欧洲的闲事的。任令赔偿问题经久不决，任令欧洲终久混乱，任令法国财政恐慌加甚和英国工商业恐慌加甚，于美国总是很有利益的，所以过去四年之中自然乐于冷冷清清的坐视旁观。但现在情形渐渐不同了，上年下半年五谷丰收，国内市场巩固，不但近千万的失业数目减至零点，而且要修改移民律以吸收外国的劳力；所以农人阶级和出口工业家压迫哈丁政府不得不出来干与欧洲的“闲事”。故上年十二月以来，美政府又出头倡议召集国际经济专家会议以解决赔偿问题，意思是要纯从经济的见地来解决赔偿问题。但美国自身何尝抛弃政治的见地呢？我们试看一月三日华盛顿专电：“美国务卿许斯于新哈文地方演说，主张赔偿问题须委托一各国专家会议处理，由各有关系财政方面谋订适宜条约，勿以政治问题视之，如此方能得最后解决；但国际债务问题与赔款问题则须分别讨论。”这不是表现美国仍然坚持两重不相容纳的政治经济政策吗？

英国为半债务国，取消国际债务，于他本无不利，而且赔偿问题之解决为救济工业恐慌所急需；但他始终要滚着美国在一块，去阻碍法国帝国主义的发展，所以他仍愿永远负担并清偿（以货品偿付为原则，现在财政大臣包尔温亲赴华盛顿谈判即为此事）美国债务，而不愿国际债务一笔勾消以增进法国的财政地位。这就是英国始终保持矛盾的政治经济政策的背影。

法国以债务国地位，在理自然乐于取消国际债务，使德国举行国际借款，解决赔偿问题，救济自己的财政恐慌；但事实不然，他知道在英、美、德协作之下来这样的和平解决赔偿问题，结果一定是修改凡尔赛和约，根本推翻法国帝国主义既得的新基础；所以他紧咬牙骨，一意单独行动，进行他的强暴政策。因为如此可以一举占据鲁尔，再举夺尽占领区域的煤铁森林，三举勒令德国完全承认法国的偿付计划，并完全管理德国的产业与财政；所以他不仅不希望取消国际债务使德国成立国际借款，而且屡次宣言：“如果国际借款成立，必须促德国将赔偿全额如数照付。”同时美国银王摩根也屡次宣言：“若是德国举行国际借款的意义等于是送给法国，则美国一文也不借给德国。”

由此我们可以断定：英、美、法各帝国主义间的利害冲突，是永远使他们不能操用一种一致的经济政策；资本主义世界的混乱、崩坏、恐怖、战争，是要一天一天严重的。

现在德国工商业的咽喉——鲁尔，已被法国帝国主义扼住了，这不但是扼住德国的咽喉，同时也是扼住英德、德美间经济关系的咽喉。法国帝国主义高声向他联合国宣言：“如果德人对于此次武力压迫依然漠视，协约各国惟有各自单独行动，索偿本国之损失。”这样一来，固然使英美帝国主义者敢怒而不敢言；但从别一方面观察，英国何以这次对于法国的约外侵略行动仍采容忍态度；美国何以仍采旁观态度（并宣言采旁观态度）；英美债务谈判（英财政大臣包尔温现正在华盛顿谈判此事）何以急于此时进行；法国国会何以于此时提议批准华盛顿条约；美国何以于此时撤退莱茵驻军（均见近日京沪各报）。由以上种种的分析，我们就不难推想英、美、法各帝国主义间现在钩心斗角纵横捭阖的鬼计与阴谋了。所以这次德意志民族的蹂躏与世界和平的动摇，不仅法国帝国主义负责任，英美帝国主义都应负责任；同时证明一切帝国主义的强国为全世界的和平与被压迫民族的仇敌。

全世界人民——尤其是工农阶级和被压迫民族，要从资本帝国主义战争的恐怖世界中解放出来，惟有促成西方的社会革命与东方的民族革命携手并进，实现世界革命的企图。自上次帝国主义世界大战后，占地球六分之一的那一部分版图——俄罗斯——已经不属资本帝国主义的范围了；而且苏维埃俄罗斯在这五年之中业已巩固了；同时东方的民族革命（如土耳其、印度、埃及、朝鲜、中国等）也渐渐的起来了，土耳其、印度等处的国民运动已一天一天向胜利和扩大的路上走了。这就是表现旧世界崩坏的历程中新世界一天一天诞生起来。所以中欧无产阶级和近东被压迫民族正在努力进行并巩固德俄土联盟；我们中国一切爱国之士都应起来号召中俄德联盟呀！

（载《向导》第16—18期　署名：和森）

四派势力与和平统一

（一九二三年一月三十一日）

本月二十六日孙中山先生发布和平统一宣言，略谓：

文于往年八月十五日发表宣言，对于国事主张使护法问题完成解决，以和平方法促成统一，对于粤事主张讨伐叛国祸粤之陈炯明……今者讨贼诸军已逐去陈逆而戡定粤局，则障碍既除，建设斯易，文于抚辑将士及绥靖地方外，当竭尽心力以敦促和平统一之进行……曩者法统之复亦可为时局一大转捩，诚得西南护法诸省监护匡助以抵于成，此时之中国当已入于法治之轨；徒以陈逆叛变，护法政府中断，而北京政府所为遂致任情而未及彻底，且以毁法之徒谬托于恢复法统，国会纠纷及今未解，而于人民所渴望之裁兵废督诸大端，反言行相违，不复稍应其求，而增兵备战之消息乃嚣且尘上……今之大病固在执政柄兵者未有尊重法律之诚心，而国中实力诸派，利害不同，莫相调剂，亦其致此之缘故。试举今日国内势力彼此不相摄属者辜较计之，可别为四：一曰直系，二曰奉系，三曰皖系，四曰西南护法诸省。此四派之实际利害果何以冲突，亦自难言；然使四派互相提携，互相了解，开诚布公，使率归一致，而皆以守法奉公为天职，则统一之实不难立见。又今为救国危亡计，拟以和平之方法图统一之效果，期以四派相周旋以调节其利害。在统一未成以前，四派暂时画疆自守，各不相侵，内部之事，各不干涉，先守和平之约，以企统一之成。倘蒙各派领袖谅解斯言，文当誓竭绵薄，尽其力所能及，必使和平统一期于实现。而和平之要，首在裁兵……有谓须俟统一始可议及裁兵者，此未免为怙乱之谈。何者？兵不裁则无和平，无和平则难统一……裁兵办法可以坐言起行者，其纲要有三：一，本化兵为工之旨，先裁全国现有兵数之半；二，各派首领赞成后全体签名，敦请一友邦为佐理，筹划裁兵方法及经费；三，裁兵借款，其用途除法定监督机关外，另有债权人并全国农、工、商、学、报各团体，各举一人监督之……诸公朝赞，则夕可商诸施行……统一成而后一切兴革乃有可言，财政、实业、教育诸端始获次第为理，国民意志方与以自由发舒而不为强力所蔽障，其为统一则永久而非一时，精神而非形式，国人同奋于法律范围之内，而无特殊势力之可虞……

我们从文字上分析上列宣言，可得五个要点：（一）中山认调和四派势力可以立刻实现中国永久而非形式的统一，即所谓拟用和平方法来图统一；（二）中山以周旋于四派之间调节其利害自任；（三）调节其利害的入手方法，为四派暂时画疆自守各不相侵，内部之事各不相干；（四）统一之先决条件为和平，和平之先决条件为裁兵，主张用兵工政策，来裁全国现有兵数之半；（五）主张敦请一个友邦为裁兵的佐理，并举行裁兵借款，债权人有参与监督用途之权。

直系、奉系、皖系是什么东西？是前清遗留和外力扶植的封建势力。西南势力是什么东西？除了现还忠于革命的领袖外，都是由封建残局孳乳出来的新军阀（参看本报第二期《武力统一与联省自治》)。关于统一问题，我们早就从事实上理论上论证过:“政治上的统一，显然不是混合或调和各大军阀的旧势力可以做成的，乃须经过不停的革命奋斗才能真正成功。若舍却革命的宣传与行动，只与军阀谋统一，结果只有上当。”(参看本报第一期《统一借债与国民党》)关于和平问题，我们认十一年以来民主与封建之争的主要原因，在旧支配阶级的武装未解除，北洋派领袖至今因其武力而承袭政权，所以我们屡次高声肯定，用和平方法去与军阀谋裁兵是做不到的，必须用革命手段根本破坏旧军事组织，由民众武装去解除旧支配阶级——军阀的武装。我们这种肯定是科学的归纳过去十一年的事实之肯定，不如此，和平统一是无望的。现在即使调和四派势力的政策能告成功，结果至多不过是维持半封建半民主的局面(如画疆自守，各不相侵……)，换过说即依然是不统一不和平的局面。我们从纯客观的事实观察，从阶级争斗和国际的眼光观察，中国统一的形式只有两样：一是维持现状的封建的协调于内外势力范围的(如联省自治等形式)统一；一是革命的民主的和民族的统一。前样的统一是外国帝国主义和军阀所需要的；后样的统一是中国被两重压迫的人民所需要的。换过说，前样的统一，中国人民应拼命反对；后样的统一，中国人民应拼命促成。现在中山的政策是促成前一种的统一呢，是促成后一种的统一呢？从这点推论，我们不能不说中山现在调和四派势力的和平统一政策没有离开革命立场的危险！

我们固然知道小资产阶级和平空气还布满全国，人民左袒革命的还属极少数；我们固然知道国民党此时若继续北伐等军事行动将愈惹起商民的误解和畏避；但我们所主张的民主大革命并不是要国民党纯粹建立在军事行动上面(参看本报第九期《国民运动革命军革命宣传》)，也不是要国民党只做轰轰烈烈的大革命而不去领率种种零零碎碎的民众运动和政治要求(如裁兵运动等参看本报第十五期《革命党的否认病》)；我们乃是要国民党建立在有系统之革命的群众组织和革命的群众宣传上面；我们不是空想的忽略实际的革命家，对于一时还不能根本推翻的军阀和至今还不感觉革命需要的商民，并不反对用一种适当的政策去证明武人怙乱之下的和平企图之不可能；但我们反对国民党离开革命的地位而以周旋于四派军阀间的调人自处；我们更反对国民党同任何一个帝国主义的“友邦”（或美或日）来合作中国的内政，因为这样一来不仅犯了与军阀妥协的毛病，而且犯了与外国帝国主义接近的嫌疑。

象中山这样太右的和平妥协政策，在上年六月和八月间发表还不失为稍有意义，因为那时全国商民更是死气沉沉，一面又梦想黎元洪鱼电的骗局或能实现。现在民间空气就比较的不同了，纵然商人与虎谋皮的希望还未尽消，但同时他们已觉到和平哀求的手段终难有效，所以准备举行全国的大示威，而继之以罢市、罢税等抵抗；此外智识阶级与工农阶级间的空气更形愤慨激昂。不意国民运动的领袖忽于此时出此右极的政策，简直比民间现在的空气还更右！“打倒军阀”渐渐成了士、农、工、商普通的口号，而国民运动的领袖反高唱与各派军阀大调和！试问革命分子对于国民党将作若何的感想？！我们更要问，现在国民党的民众基础在那里？国民党直到今日还是局促于局部的军事行动而疲于奔命，对于基本的革命宣传工夫一点没有做，就是我们屡次所要求的全国大会至今也还没有召集！国民党长此在无民众后援的空架子上做上层的工夫——而且专门是做与军阀相周旋的危险工夫，一旦失败下来，不但一个民众的波涛引不起来，而且民众将认他的失败为应得之咎。假使中国有个象俄罗斯共产党一样的民众势力基础的党，于此时采用和平统一的政策号召各军阀，那么各军阀不听从时，马上就有几百万工人几千万农人起来拥护这种政策而与军阀宣战。现在国民党那里说得上这个呢？不久中山这次调和各派军阀的和平统一的号召失败，我们敢说在民众中一个影子也没有。所以象有民众基础的俄国共产党来采用一个这样右的政策或还没有什么大的危险；但象无民众基础的国民党来采用一个这样右的政策，前程是很危险的！

（载《向导》第18期　署名：和森）

克门案与运送飞机案

（一九二三年二月二十七日）

美国驻张家口的领事索克宾与资本家克门，为中国奸商保镖，强运六万大洋出口，并用手枪射击合法阻拦之中国兵士，克门因中国兵士回枪射击以致毙命，因而惹起中美间严重交涉，美国公使向北京政府提出三条最强横最苛酷的条件。索克宾违法庇奸不上算，美国政府反要求中国高级军官张锡元都统同区区一个肇事的领事谢罪，此外还要求将张锡元以下的军官革职永不任用，并要求恤金五万元。其屈辱中国全体之用意，与贵族主人严惩伤害其鸡犬之家奴没有两样！许斯在纽约中美协会演说："……若对克门案无满意解决，则美将改变对华政策。"同时驻京美使屡次直接找着张绍曾示威，大有不如其命即将下旗归国之势。被外国帝国主义压迫的同胞们！幸喜美国对华政策还未改变，你们多来领略些"中美亲善"的味道罢！

反过一面，我们看美商运送飞机给吴佩孚的案子有如何下落呢？二月十九日《申报》转载《字林西报》云：

"美商施利文氏运送飞机至汉，被美舰查获扣留一案，经美国驻汉按察使罗平杰氏迭次传集人证开庭鞫审，业于十三日宣布判决书，以案中并无充分证据，足以证明该项飞机确供军用，虽据运送该机之船主供称，曾问华经理李某，有此项飞机运汉，系供吴佩孚军用之说，然传李某质审，又复否认此言，且查本案所控各节，系违犯军火出口律，然‘出口’二字意义，似于飞机运到上海后，其行为即已终了，美国法律固经明定白规，凡自甲国运至乙国，谓之出口，若于同一国内自此口运至彼口，则系转口，而非出口，故被告行为自上海运至汉口，不能目为出口，而谓之违犯军火出口律……因此宣告被告无罪，并取销汉口美领事预审时宣告之飞机暂留，听候美国驻华按察使处分之判决云。”

前案的要求，是美国帝国主义者奖励他们的外交官资本家在中国横行无忌的与奸商们做违法勾当；后案的判决，是美国帝国主义者奖励他们政治侵略的别动队供给中国军阀们的军用品。前者是小题大做，是八十年来外国帝国主义在中国获得种种特权的惯用方法；后者又是从新立了外国帝国主义今后便于供给中国军阀军用品的出口律上之新注解。中国人民须从这些地方领略帝国主义者的本领呵！

（载《向导》第 20 期　署名：和森）

外国帝国主义与军阀协同压迫革命的真势力

（一九二三年四月十八日）

年来中国最可注意的事实，莫过于劳工运动的发展，全国各产业中心、交通地点，劳动者莫不随着各种大大小小的罢工运动团结起来。劳动者的组织一天天的发达，一天天的集中，在中国社会上已成为一种新势力。这种新势力之重要，不特在劳、资阶级间表显出来，而且将在政治上表显出来，尤其将在反抗军阀与外国帝国主义的国民革命运动上表显出来。因此，就触动了外国帝国主义与军阀们的大畏忌，乘京汉铁路的大罢工，直系军阀及英国汉口领事，英国香烟厂大班等，公然大开会议，相约于二月七日举行大惨杀，以图根本剿灭年来蓬蓬勃勃之劳动运动，与解救全中国人民之革命的真势力。

自京汉路及各处共产党与工人，同时被严重压迫之后，胆怯的上海资产阶级的总商会即向军阀申明没有罢市罢税的举动，此时纵有一班别有用意的外国报纸（如《大陆报》、《字林西报》），学潮中想利用工人余威以达到其非政治目的之先生们，宣传所谓九路罢工，以威吓军阀政府，但其结果，除了增重共产党及各处工人的压迫外，没有别的影响。此外，资产阶级裁兵运动中，更发现一种更胆怯更可怜的哀求倾向，他们简直主张恭叩军阀门庭效秦庭之哭！由此可见工人阶级的势力不存在，幼弱的资产阶级及涣散无力的小资产阶级，只有愈益匍伏于军阀与外国帝国主义的宰割之下而莫可如何！

现在保洛军阀又要大发杀机了，新的奉直战争又在全国“和平”“裁兵”的哀呼之下发动出来了，假使京汉路总工会能至今存在，不很可以阻止野心军阀的杀伐行动，并帮助那些为国家独立与自由做工夫的领袖与国民运动吗？

国人们！你们要得真正的保障或真正的解救势力，只有充分同情并帮助劳动者早日恢复其组织力战斗力呵！

（载《向导》第21期　署名：和森）

外国帝国主义者对华的新旧方法

（一九二三年四月二十五日）

《密勒评论》——美国帝国主义在华的机关报——最近发表一篇对华态度的论文，大略谓：在中国以外国字刊行之报纸，为数颇夥。近来此等报纸除少数外，其批评中国之语词，皆极不满，所持理由为拖欠外债，保持冗兵，纵容盗匪，漠视条约等。除报纸外，各种外人团体亦多通过议案，指斥中国；有一般外人在公共场所或私宅谈话，亦多杂以批评中国之语，近日北京外人宴会席上之议论，至少当有十分之九为讥责国会，内阁，军阀等者，吾敢断言也。夫此等批评，华人自然知之，然则彼等作何感想乎？亦受其影响否乎？记者欲知其究竟，近曾以质直之语问答于华友云：“君对此外人批评之意见若何，中国又将若何对付之乎？”被问之第一人为一银行家，曾在外国留学，任某有势力银行之经理，历有年所，问答之始，提及与中国久有商业关系之某国报纸批评中国之语，此君之答语曰：“彼所说我国情形，吾人自知之。但彼国百年来在华获利已多，今中国遭此艰境，彼稍感不便，谅能忍受。中国商人银行家尚能忍痛奋斗，向前进行，外人乃不能少安毋躁耶？”第二人乃一新闻家，常投稿于外报，曩在官办学校肄业，未尝出洋，其答语云：“凡此外人批评，有一切实效果，即使中国各界领袖益加决心，谋使中国脱离外国控制，吾人今正依此旨而进行，必全脱外人势力羁绊，使中国被尊重而后已。”此君虽未言如何达此目的之方法，但吾信其确为由衷之言也。第三人为一日本学堂毕业生，现执业银行界及商界，彼乃反对裁兵者，其言尤堪玩味，其语云：“近来中外人士盛唱裁兵之说，吾顷游东三省，乃悟吾国不当裁兵，特须淘汰老弱耳。今之问题，不在裁兵，乃在设法控制军队而善筹军费，中国欲为独立之国，非尽保存现有之兵不可。裁兵之说独盛于中国，然彼为世人尊重之各国，非保有陆军海军，即具有随时可以召集军队之组织，是固吾人所知也。”记者为显明之理由，不举出上述诸人之姓名，但此三人，外人多知其名，其意见可代表中国智识界，具有甚大势力，吾人味此三人之言，可悟一事：即从前处置中国之方法，今日已不适用。第一，中国已不复如前之易受恐吓。曩时欲恫吓中国政府只须在外报上登一论文或纪事，华人即知为出于北京某使馆或某商埠某国领事之指使，至北京政府接到一外交公文，辄如受电震；今则外报之批评论文，殆已绝少效力。美国人之《华北明星报》，近有一文论此事，其言绝智，大致谓世界大势变迁，中国情形随之而变，在华外商宜熟察中国政局，以调剂其商业事情，庶免铸错。中国今日之政治问题，与曩昔不同，且与一两年前异。故处置之道，亦当更新，不可拘守旧法，徒取纷扰，可谓中肯之谈……然则吾人将取何态度乎？此天然之问题也。对华国际银团中美银团代表司提反氏近曾表示其意见：谓中国目前之困难，非恢复帝制或外国干涉或拥戴一强有力之人物以民治之名施专制之实所能解决，欲救中国，只有发展中国民意之一法。但发展民意，非徐徐从教育上作工不可。今日世界中无一权力能迫中国裁兵或还债，无论其近邻远邻，皆无此大力……

这篇百看不厌的绝妙文章，不仅那三位代表中国智识阶级的先生所说的话——很足表现中国民族自觉的精神——饶有趣味，我们体察外国帝国主义者觉悟到“从前处置中国之方法，今日已不适用，中国已不复如前之易受恐吓”而亟思换用新的欺骗方法，更觉饶有趣味！

《密勒评论》的记者虽然不便将他们的新方法很具体的说出，但是他既显然引用了司提反的话，我们更不妨替他引用朱迩典（英国帝国主义者，曾做过英国驻华公使）最近发表的话，作个补注：

> ……中国全部经济生活大受兵害，华人商会已发起裁兵运动，并请外邦友人合作，以期达其目的，英美舆论颇为中国所重视，今英国之注意中国裁兵运动，当无异于以有力之兴奋剂给与发起此种运动之商界代表也。（见四月十一日《申报》）

外国帝国主义者知道军阀势力快要崩溃了——纵然由他们不断的供械借款，左顾右盼，急于觅得将来代其统治中国的代理人，于是就光顾到中国幼稚的资产阶级，就想在中国造成一种太上的国民运动（参看本报第十四期及第十六期时事短评）。他们外面上假惺惺替中国高唱打倒军阀，实际上只教京沪及各地商人“点名就是裁兵”。所以剖破他们对华的鬼胎，不过是为军阀与资产阶级合作，建立附属于他们的“封建资本制度”，这就是他们所视为稳固而可靠的殖民地政治，也就是他们今后对华的新方法！

（载《向导》第22期　署名：和森）

“以后一切对华侵略皆将以教育的形式出之”

（一九二三年四月二十五日）

关于退款兴学问题，最近《密勒评论》著文云：近来每一星期中，几必有一国宣布其愿还拳乱赔款于中国之意，最近宣布之国，则日本与比利时也。日本议会，于数日前延会时通过一议案，决以日本应得赔款用于中国“文化”事业；比利时之计划，虽无所闻，但谅其目的亦必在用教育方法以增该国在华之势力；英国如何利用此赔款，计议已逾一年，尚未公布办法，预期亦充教育之用。纵此以观，可知以后一切对华侵略，皆将以教育形式出之，各国皆以多教育中国男女青年为竞争，西方对东方之心理，从兹一变，斯诚大佳之事矣。犹忆一九零八年美国将其所得赔款第一批退还中国，一时在华各外报对美国大肆讥评，美竟为众矢之的。今苟能检出读之，当大有趣味。假令罗斯福而犹生存者，见彼所发起之还款兴学计划，数年前犹为侵略中国者所非难，今实际上已为参加各国一致赞同，则其欣慰尤为何如乎！

西方美人对华独到之魔术，英日比帝国主义者翩翩也要竞相学步起来，怎得不大起醋意！

醋海兴波，率性把“对华侵略皆将以教育形式出之”的隐密暴露出来，“斯诚大佳之事矣”！我们读者应当谢谢《密勒评论》！

（载《向导》第22期　署名：振宇）

中国革命运动与国际之关系

（一九二三年五月二日）

一、世界资本主义与民主主义之崩坏

自十八世纪以来，人类经济生活演进到资本主义时代，政治组织也就随着演进到民主主义时代；产业革命与民主革命的潮流，在欧美各先进国，次第扫荡农业、手工业与封建制度，而建立了近代资本民主的政治经济组织。

资本主义发达到十九世纪下半纪，银行资本与工业资本混合，托辣斯与加特尔垄断国际市场，于是遂入于争夺殖民地的帝国主义时代；资产阶级民主主义的国家，由阶级争斗与国际竞争的结果，一面成为一些托辣斯争夺殖民地之武力的集团，尽量扩张其军国主义与军备，一面渐渐揭破其“德谟克拉西”的假面具，显出资产阶级专政的真相。

一九一四至一九一八年，资本帝国主义世界大战的结果：一面酿成俄罗斯无产阶级革命，一面破坏了全世界资本主义的经济基础。这就是世界资本主义与民主主义崩坏之发端。

现在我们可以简单列举资本主义崩坏之科学的例证：

一、地域上的推广阻止了并且缩小了。以前资本主义之昌盛由于不停的推广殖民地及常常获得新市场；但地球面积有限，资本主义发达到今日已是无孔不入，亚洲非洲的穷乡僻壤，都有了大工业国的商品；加以劳农俄国成立，占全地球六分之一的地方，已不是资本主义的范围了。

二、有些资本主义国家，回复到资本主义以前的经济状态去了。这种状态在中欧与东欧特别显著：因为纸币的跌落，农人渐渐回复到自给的经济状况，既不愿将其农产品卖于市场，又不愿买市场的商品，而以家庭生产自给；从前以现银纳税，现在以货品纳税，从前用货币交易，现在用谷物交易；资本不投于生产事业而投于不生产的交易事业。

三、国际的分工限制了，世界经济生活的单位摇动了。比如美国从前是农业国，英是工业国，因有这种国际的分工，所以资本主义发达非常畅利。现在不然：美国由大战一跃而兼为工业最发达的国家，同时英国也高唱发展自己的农业；各大工业国皆极力恢复几百年前的保护政策，增加进口税（如美国新税则），以防外来商品之输入，巩固国内的市场；因为国际贸易额大减，国际经济的协作衰颓。

四、世界经济生活的统一破坏了。战后，资本主义的中心由欧洲移至美国与日本，但以前欧洲的旧中心能借水陆交通，将高量的生产匀送于低量生产之各地，故世界经济生活常呈统一平衡之观；现在不然，因为国际经济的平衡破坏，中欧东欧纸币的跌落，生产高的国家不能将其生产品匀送于生产低之各地，高量生产与低量生产遂失其调剂而分为两种半身不遂的经济状况。

五、生产减低，财富的积聚也减低了。战后，中欧东欧完全破产，丧失其购买力，故工业恐慌，在英美特别显明，失业者常自二三百万至六七百万，所以生产异常减低，财富之积聚自然也要异常减低，这种状况在战败国更甚。

六、信用制度崩坏了。战前欧洲各国皆采用金本位制，纸币与金币价格相等；战后几乎完全变为纸本位，纸币与金币价格相差悬殊；国际间汇兑率尤为奇变，国际经济之平衡异常倾畸，国际交易也就异常衰竭。

资本主义这样的崩坏，有方法可挽回吗？这个问题，资本主义的本身是不能解答的（参看本报十六期至十八期的《赔偿问题与帝国主义》）。至此我们更可审查现在还勉强可以维持其存在的政治形势。

现在各大强国的资产阶级，以最少数的人口统治了十二万万以上被压迫民族（占全人类四分之三以上）及其本国几百几千万无产阶级。战前殖民事业发达，经济状况优裕，资本民主国家的统治权威，自然要算是“万能”；可是现在就不同了，经济恐慌、财政恐慌、失业问题、贫困问题，不仅一个不能解决，一纸凡尔塞和约，更弄得破产的欧洲一塌糊涂。不仅国际资产阶级不能协调一致，就是一国的资产阶级，因为利害关系亦常常四分五裂，互相冲突（如美国禁酒案、商船津贴案之争等）。他们再也没有能力解决社会问题了，对于革命的无产阶级，便只有揭破“德谟克拉西”的假面具，野蛮的反动起来。他方面，我们试看各国共产党运动之强大，英国工党左翼在上届选举之胜利，劳农俄国（世界革命的大本营）之巩固，土耳其及东方被压迫民族之崛起，就可知道世界资本主义与民主主义的末日快到了。

二、殖民地的革命运动与中国

资本主义与民主主义在历史上虽确已入了凋谢日期，但在殖民地及弱小民族，因为国际侵略的关系，还未充分发达并且不能充分发达，如中国就是一个例。国际资本主义最后生息调剂的源泉，现在可说只有中国；他们若容中国政治经济独立发展，便无异是宣布自己的死刑。中国民主革命至今不能成功，关税至今不能自立，就是因为他们不任中国政治经济独立发展的缘故。他们维持袁世凯与吴佩孚的封建势力，目的就在永远握住中国的经济生命，掠夺中国自然的富源与劳力，以图救济或和缓其国内政治经济的危机，延长其资本主义民主主义的命运。

中国三十年来的革命运动，虽然是幼稚的资产阶级民主革命运动，实际上与十八九世纪欧洲资产阶级民主革命运动有国际地位及经济地位之不同。在英法各资本主义先进国，资本主义不仅自动的萌芽于封建社会的内部，而且自动的成熟于封建社会的内部，以至打破封建制度狭隘的束缚；殖民地及半殖民地则不然，这些地方的资本主义，乃因国际资本主义之侵入而发生，但在国际资本压迫与操纵之下，决不容独立的发展至于成熟；这些地方的资本主义，在外貌上虽比十八九世纪英法的经济状况更发达（如上海），但这系外铄而非自动，系外国资本之幻影，而非本国资本发展之实质。

各资本主义先进国的民主革命，可说完全是对内的革命，他的敌人只有一个，就是封建阶级；殖民地及半殖民地的革命则不然，不仅是对内的革命而且是对外的革命，他的敌人有两个，一是封建阶级，一是外国帝国主义。当资本主义先进国革命时，国际资产阶级每每能互相援助（如法美）以对抗国际的封建势力；殖民地及半殖民地革命时则不然，国际资产阶级不仅不帮助此等地方幼稚的资本阶级去打倒封建势力，反而援助封建势力压迫民主革命，中国十二年来的往事，就是明证。

资本主义先进国的民主革命与殖民地半殖民地的民主革命既有如许区别，所以中国革命运动之性质与历程必与从前欧美资产阶级的民主革命大不相同。当此世界资本主义和民主主义业已开始崩坏之时，当此被压迫民族与无产阶级同夷为最少数帝国主义者的奴隶之时，殖民地的革命运动已不是纯粹资产阶级民主革命的问题，事实上业已变成为国民革命（亦可称民族革命）的问题，而且这个问题要待列入世界革命的议事日程中才得解决。

殖民地国民革命运动的特性就是：一面打倒国内的封建势力，一面反抗外国帝国主义；在这种立场上，殖民地的无产阶级所以可与革命的资产阶级结成联合战线。革命党的领袖们如不认清中国的革命运动为殖民地的革命运动，如不认清中国的革命须同时打倒军阀与外国帝国主义，则其方略与趋向必至大错而特错，不但不能达到成功目的，而且将使革命运动中道夭殇。

三、革命党之谬误观念

上述中国革命运动的性质，是由中国国际地位决定的；中国革命运动之动因（因外力侵凌，清廷丧权辱国）与挫折（因各国援助袁世凯以下的旧势力），自始即具有复杂之国际关系；中国革命运动之成功，亦必成为国际的问题而不是纯粹可由中国自己解决的“内政”问题。资本世界崩坏的现象：在西方业已形成普遍的无产阶级之革命运动，在东方业已形成普遍的被压迫民族之革命运动；两种革命运动的焦点就是推翻国际帝国主义，两种革命运动的成功就是世界革命；必须使中国革命运动与世界革命运动汇合，中国革命才能成功，中国革命问题才能真正解决。所以“联合苏维埃俄罗斯”实成为中国革命运动更向前进之惟一重要的先决问题。

然而，中国革命的领袖人物，常有许多谬误观念：第一，他们认不清中国的革命运动是殖民地的革命运动，所以他们把中国的革命专门做成为一种解决“内政”的运动，他们以为对于外国帝国主义无须倡言反抗，只要内政肃清，强邻自然改颜相向。第二，他们误认革命为纯粹的中国事业，与国际没甚关系，他们以为只须用一种政策阻止外国的干涉，中国革命便可成功，只须声明“承认（或不侵犯）一切条约”，外国妨害革命的举动即可免避。第三，他们常常梦想所谓“友邦”的帮助，换过说即一派外国帝国主义者的帮助，虽然事实上常常证明这种梦想得不到什么益处，但是他们心中总还保留这种想头。

其实，外国势力早已在中国内政上支配着：东交民巷的太上政府可以决定北京政府一切动作；外国公使、领事、商人、牧师的态度可以影响一切官吏甚至于国民领袖；不仅北京政府一举一动要仰公使团的鼻息，就是广州前前后后的革命政府对于“如在其上”的香港英国帝国主义者也常常免不掉畏首畏尾呢！况且外力不停的援助军阀们，革命形势常在失败之中，中国“内政”何日可以肃清呢？国民党因为种了以上的谬误观念，所以对于全国如火如荼的反抗外国帝国主义的爱国运动（如现在收回旅大的运动）常常缩头缩脑不敢出面领导群众，有时且故意躲避。又如年来工人阶级罢工运动之发展与失败，这在国民革命的意义上何等重要，但是国民党因为避“赤化”的嫌疑——恐怕外国报纸指他为“过激化”，对于被军阀与洋资本家压迫工人的事情一声不响；最近吴佩孚——国民党现在主要的敌人——对于京汉路工的大惨杀，国民党还是一声不响，还是恐怕惹起英国帝国主义的嫌疑，却不顾及因此要减低劳动群众对于他的同情！

因为梦想“友邦”的援助，或者也是使国民党不敢与爱国运动和劳动群众接近的原因之一个。虽然，丢开过去的事实不谈，我们且看现在自称对于孙中山改变态度的英国帝国主义：英国帝国主义者，除了敲敲广九与粤汉路接轨的竹杠外，帮助了孙中山些什么？不但没有丝毫帮助，而且香港又成为陈炯明的阴谋窟，英国帝国主义者不日又要资助陈贼回粤发难驱逐孙中山呵！我们试回忆中山先生在香港的演说，有何意义呢？

因为要避外国帝国主义者的嫌疑，因为要保持“外交”的面孔，国民党不但不敢与民众接近，更是不敢与苏维埃俄罗斯接近；苏俄革命成功已六年了，土耳其国民党得其帮助（这才是被压迫民族真正的帮助）业已战胜外国帝国主义使土耳其民族朝向解放的路上走了，然而中国国民党至今还未派一个正式代表赴莫斯科呢！

以上种种谬误与失策，实是中国国民革命运动的损失！这种损失比较军事的失败、地盘的丧失要重大得多！我们诚恳的希望中山先生们迅速估定革命新方针，朝着国民革命的正轨走去，而且朝着世界革命走去，中国革命才得成功，中华民族才得解放！

（载《向导》第 23 期　署名：和森）

商人感觉到外国帝国主义助长中国内乱的第一声

（一九二三年十月二十七日）

全国商人应立起响应南京商联会的通电

南京商联会江苏事务所通电外交团云：

北京领袖公使符公使转各国公使钧鉴，中华民国成立十二年来，军阀争雄，内乱不已，内外债总额，已增至二十五万万元，大半用于兵费，现役兵额，多至一百三十余万人，占世界各国常备兵额之第一位，而土匪如麻，且在军阀领袖之辖境内，危及外人生命财产，我商民不胜遗憾，若一任政府再借外债，中国内乱之延长，不知何时始止？本事务所为江苏全省商民最高法定团体，特开干事大会议决，本主权在民之意，向贵公使团郑重声明，在中国内乱未靖，裁兵未实行，政府行政权未统一以前，贵各国银行团，不得再与中国政府暨任何方面缔结借款契约，各军装洋行，亦不得私售军械，以期缩短中国之内乱，即所以保护各国侨民之安全，若贵各国银行及军装洋行不能谅解此意，违反中国商民之公意，接济中国任何方面之军人，以助长内乱之借款与军械，则是贵各国自贻其戚，嗣后贵各国侨民设有不幸如临城事件发生敝国国家及人民实不负责也，掬诚奉布，尚祈察纳。中华民国商会联合会江苏省事务所叩号。

这个通电要算是中国商人感觉到外国帝国主义助长中国内乱的第一声。这个通电与从前各团体所致外交团一切通电，性质上和价值上皆大不相同。从前一切致外交团呼吁或请求的通电大都是不自觉的，无价值的，甚至其中充满了媚外与崇拜外力的劣根性。例如明明白白望着外交团借口临城土匪掳去几个外国人，狼叫虎号，大敲中国的竹杠，攘夺中国各种权利，而中国一切报纸一切社团，丧心病狂，为之附和，为之摇旗呐喊，不仅纷纷通电谢罪慰问，并纷纷请求外交团来干涉中国内政！又如明明白白望着外交团帮助曹吴扰乱中国，而请求外交团撤销承认的呼声与心理，还是没有绝迹。

南京商联会这个通电，要算是中国一部分最进步的商人在不堪再忍的状况中觉醒起来向东交民巷“主乱”中国的外国帝国主义者说几句硬话的第一次。他们知道中国十二年来的内乱，无一次不是外国帝国主义在军阀背后借款卖械助成的，中国的内乱史不过是外国帝国主义侵略的历史中之一段；他们知道为中国政治阴谋之中枢的外交团，于帮助曹锟上台之后，不久即要举行所谓整理外债或统一借款，把中国内乱延长至于共管可以实现的时机；他们知道在外交团帮助曹吴“统乱”中国的局势之下，更将给外国帝国主义造成许多如临案一样的机会以至实行共管中国；总括一句，他们知道破坏中国和平自由独立安宁生活的外患与内乱，此后更要狼狈为奸方兴未艾，他们于忍无可忍之中始发出这个通电来。

自然这个通电在吞噬中华民族的魔鬼——外交团是不会发生效力

的；临城案，护路案，威海卫案，金佛郎案，……完全满意之后，大借款与军械的买卖只是指顾间的事。所以这个通电的最大意义与价值，不在对于宰割与阴谋中国的外交团发生效力，而在中国商民对于外国帝国主义主乱中国的祸患发生正确的觉悟和莫可再忍的表示。

“中国现状莫可再忍”，这不是英美侨华商人——侵掠中国的别动队——在华大吹大擂，鼓动其政府对华采取断然处置（如增兵来华，共管中国等）的狂吠吗？其实主乱中国的外国侵略家（自东交民巷的公使以至各埠的外商牧师……）那里配说这句话，只有中国商民应齐声起来向外国侵略家警告一句：“由你们外国帝国主义主乱中国的现状，已使我们全中国商民莫可再忍了！”南京商联会这个通电，我希望就是全国商民总动员反抗外国帝国主义主乱中国的起点。

在莫可再忍的外国帝国主义主乱中国的现状之下，各地和全国商民对于政治万不能再守含默，尤其在曹贼登台后大借款一定要实现之前，不能再守含默。现在各地商会与全国商联会应立即响应南京商联会的通电，召集大会讨论此事，对于正在准备以大宗借款与军械帮助曹吴的外交团，不仅在消极方面表示以后不负一切借款与匪案的责任，而且要在积极方面表示经济绝交的决心。

全国商界同胞——你们看呀！分担侵略中国主乱中国的侨华英美商人，他们今天在汉口召集一个大会，高叫中国现状莫可再忍，鼓吹各国增兵来华，共管铁路，取消二五附加关税，永远延长治外法权……；明天在上海召集一个大会，又是高叫中国现状莫可再忍，鼓吹各国组织大规模的长江联合舰队，共管全中国的江河与铁路，延长关税会议，不许考虑撤销治外法权……，魔鬼们已经弄得人家鸡犬不宁，血肉横飞，倾家荡产，而反向人家科罪反坐，这是世界上何等不平的冤枉事！全国商界同胞——你们甘心永远屈伏于这种奇冤大辱和外力的压迫之下而不与以反响吗？

（载《向导》第44期　署名：和森）

单独侵略与协同侵略

（一九二三年十一月七日）

范源濂君，游欧美各国归来，以其所视察，在北京《京报》欢迎席上发表关于华盛顿会议后中国国际地位的意见，其言颇有价值：

在华盛顿会议以前，各国对华政策，多为单独进行，例如某国要求某处租界，某国经营某处铁路军港，则每处有关系者只为一国，我国亦可以筹单独应付之方；然华盛顿会议以后，则一变单独行为而为协同动作，凡国际间大问题发生时，各国对华必取一致之步调，如临案通牒，不问与此案有无直接关系，而十六国公使全体署名，可谓最著之一例。此种变化之影响，固属有利有害：言其利，则各国步调不易完全一致，对华政策之发展，或较诸单独行动，稍见迂缓；然言其害，则一完全同意，协以谋我，我国即处于孤立而无可如何。且如日本独占山东，英国独占威海卫，因其为单独性质，我国尚可单独应付以收回也；然如海关之为各国共同管理，虽因欧战而排去德人势力，然承德国而平分其权利者仍为各国，而非我国，可见一处各国共同掌握之下，我国即永无收回之望，其危险不待言矣。至如华会所定门户开放，机会均等之原则，何谓门户，何谓开放，其范围如何，程度如何，解释可以不同，结果毫厘千里，前途祸福之关键，仍视我国之有无自觉。若我国而能力图振作，积极方面增进国际之地位，消极方面勿贻各国以机会，则上述原则范围程度之解释，自可稍事缩小；若从希望各国关系之从此和平，友邦对我之停止进展，殆可谓为必无之事。以现在各国对华态度言之，英国殆为最知我国之内情者，其经营我国之手段，即以对西藏一事言之，吾人在英游历时，随处皆可发见说明西藏之材料，足证其处心积虑之一班。英国在华之根据，无论财政方面（关盐），交通方面（铁路）只须再进一步，即达最后之境界，但欲希望其永远停止而不再进，天下安有如是现成乐观之事。吾前既言各国今后对华之行动必为协同动作者，则希望他国之互相牵掣，亦属自欺之谈。试就英美关系而言，美国加入欧战之最大原因，乃缘资本家之保持巨额债权，与畅销多量商品（军用品等），战事终了，各国对美，皆负极大之债务，关于偿还方法，曾发生种种疑问，然英国则因与美国同为资本主义极盛国家之关系，竟减缩一切支出（如小学经费亦被减削，致教员有罢工之举），忍痛以偿还美债，而因英国财政手腕之敏活，同时英之殖民地，如坎拿大等处，仍吸收美国所投之资金，使两国之经济上，成立不可分离之关系。故当无事之日，英美两方之对华态度，固如各不相谋，一旦大问题发生，左右两国之外交者，仍为处于背后之大资本家，少数学者之主张，殆无多大影响，则从英美两国资本家之关系言之，其步调一致，殆有不得不然者矣。美国以外，如法之与英，又何如乎？法国之占据罗尔，原欲以缺煤致德之死命，然英国则以煤接济德国，即此一端，似足以明两方关系之尚待改善，且两国国会中，亦每相继而有种种怀疑之议论，则法与英或不克完全一致，然即不一致，而竞争之

> 行动，亦不啻一致之行动也。例如英殖民地之处，法每有之，英对我国要求权利，法亦必对我要求权利，此已往外交之历历可证者。然则英国而果进一步，法必不加阻止，而追随恐后，可断言矣。法国以外，尚有意大利，欧战以来，顿为各国之所重视，而英帝乃纡尊降贵，亲临意国，以图两国之亲密，此非可寻常视也。然意之与我，数次外交，皆持强硬之态度，临案发生，意亦为重要分子之一，其与英美等国一致，更待何言。最后则东邻之日本，在震灾未发生以前，其外交政策，随时皆保与各国协同之步调，震灾以后，自惟强国之趋向是遵。故苟以各国对华关系，加以精密之观察，我国在国际上所处地位之危险，诚未有甚于此时者。

因为美国及其走狗外交系的宣传，中国一般大商人、新闻记者，及智识阶级对于列强协同宰制中国的华盛顿会议何等的歌功颂德，何等的忻喜慰藉。他们闭着眼睛，仿佛从不看见二五附加税会议无限期延长，撤消治外法权的调查公然反污，旅大威海卫更确定的被英日永远鲸吞，而共管铁路共管江河干涉内政……无一不是以华会决议为根据。协同侵略比单独侵略更为危险更为可怕，本报无一期不以此警告国人。但读者诸君每喜给我们一个这样的回答："《向导周报》的言论太激烈了。"现在一位老于仕途的大员，经过一番切实观察之后，不期与本报发出同样的意见，可见本报的言论并非故为激烈，不过是常常本着忠实的科学的观察以警告我国人。当国人觉着本报的言论过激时，便是国人的见闻还是囿于外国人的宣传及其走狗的欺骗之中。

（载《向导》第45期　署名：和森）

山东人民为威海交涉之奋斗

（一九二三年十一月十六日）

全国人民竟忘了这回事！

威海交涉，关系全国命脉，而起来奋争的，始终只有山东人民，全国人民竟忘了这回事！一方面我们不能不对孤军独战的山东爱国民众表示敬意，别方面我们不能不为全国漠不关心的人民痛哭！

现在事更急了。不仅包尔温（英内阁总理）、克松（英外相）、麻克类（英驻京公使）日日威吓中国立即签约，而顾维钧和陈干两个卖国贼也同时发表欺骗国人立即签约的理由。

顾贼的意见，是由他交与某通信社做《某著名外交家的谈话》发表的，大略是说：

> 闻山东各团体于主张无条件收回威海卫以后，竟有“若有条件则宁作悬案”之主张。在理论上言之，所见极是，吾人且佩其爱国心之坚定。但外交问题，内容复杂，吾人不可不考究经过事

实，以求比较有利之结果。夫英人何以在华会中忽有宣言交还威海，当时实含有转变外交空气之作用。且英之远东侨商，及海军部等，皆不赞成此举，幸英国外交当局，可以不受他方之牵掣，非如他国有“二重外交”之弊（替英国宣传得好听），故卒能在华会中宣布之。然以后反对纷起，英之外交当局，于既利用此种一时的手段以后，亦雅不愿真个实行，最后故意坚持委员会报告书，不能更改之议，即欲引起我国民对于外交偏重理论之弱点，可以终不交还，若我国民而有“宁作悬案”之表示，是诚英人所日夜求之而恐不得者，果尔，是中其计也。

陈贼的意见，是用一种公开的电文发表的，大略是说：

威案解决有三利：（一）土地收回；（二）外交不至孤立；（三）可进行旅大及广州湾。不解决有三害：（一）土地放弃，英人在威海尽可从容经营，将来结果，契约有效与青岛案受同等之害；（二）外交孤立，所有各种收回之事，恐说不着；（三）此关已破，恐各国协以谋我，虽欲呼冤，不知向何国呼起。

顾陈二卖国贼的话，无一句不是欺骗国人的，无一句不是替英国帝国主义宣传的。所以当陈贼大胆跑到济南去的时候，济南市民义愤填胸，人手白旗，列队包围连升客栈，以期扑杀此獠，不幸事机不密，该贼业已先期远飏，以致未得结果。然旅京鲁人，继此有举行三十万民众示威运动之说，可见鲁人爱国精神之强烈，势非达到目的不止。

然现在事机迫切，这个目的决非“请愿”与声言“若有条件则宁作悬案”所能达到；倘不采取迅速手段，与英国帝国主义以直接的打击，则山东同胞数月以来的爱国奋斗与热诚，将在转瞬之间付之东流而莫可如何。迅速手段怎样呢？便是：

立即动员，排斥英货！

只有这样才能挽回迫切的危机，只有这样才能给英国帝国主义以直接的打击，也只有这样奋斗几月才能激起全国已死的人心而达到最后的胜利！

可敬的山东爱国同胞们，你们努力呵！

（载《向导》第 46 期　署名：和森）

被外国帝国主义宰制八十年的上海

（一九二三年十一月十六日）

上海开港，到本月十七日恰好八十年了。这个日子，现在志得意满的洋大人是安顿兴高采烈来庆祝的，我不知道凡住在上海的中国人对于这个日子有什么感想？

上海为什么要开商埠辟为租界？因为鸦片战争，中国民族屈伏在英国帝国主义炮火底下；英国帝国主义不仅强迫中国人吃鸦片，而且强迫中国割香港，开五埠，——上海就是五埠之一。

上海未开埠以前，一草一石，那一点不是华人的？但是既开埠以后，租界以内，最初是不准华人居住的，而“华人与犬不得入内”的标揭，至今还悬挂在外国公园的门上！

自同治三年会审公堂成立以来，华人即被其治理，然犹有上海道为华人上诉机关。辛亥革命，外国侵略家趁火打劫，华人从此遂完全被治外法权所统治。租界法庭之偏颇与黑暗，外国法官、狱吏、捕头、律师之苛暴与敲诈，凡属久住租界的“顺民”，类皆冤屈无申，敢怒而不敢言。最近惨无人道的乐志华案，便是这一类事实的显例！

外国侵略家在租界里面的强固权威，完全建立在界内华人严重的负担之上，然而纳如此重税的华人，至今不能参预租界的市政。所以住在租界里面的华人，简直当不得一条洋狗！

最初租界的范围，不过东至黄浦，南至洋泾浜，西至泥城桥浜，北至李家场，而现在则何如？现在驻沪外国领事团不仅有公共租界扩张至吴淞口的要求，而且逞其浚浦之阴谋，以图囊括黄浦与吴松江！

上海现在诚然是一个近代的大都市，而且是一个极繁盛的近代大都市，但是这种繁盛属于谁？这种繁盛建立在什么基础上面？不用说，完全是建立在外国商品上面，而且完全属于外国侵略家！

体面的商人们！亲爱的同胞们！然则你们到了这个开港八十年的纪念日子，应当作何感想？

（载《向导》第46期　署名：和森）

又是一个乐志华案

（一九二三年十二月二十九日）

汉口电：

> 俄租界日商本多洋行厨役华人田仲香，廿日（二十）被该行诬窃表链，先打断田臂，送日捕房，用毒刑拷问，继用麻绳痛绞，今晨（二十一）因伤致死。捕房通知洋务公所会审员杨培往验，杨见田伤痕遍体。多数华工往捕房质问，又被武力驱逐。日本义勇队消防队武装上街。

今年四月间，上海虹口巡捕房，出了一个惨无人道的乐志华案；事隔数月，现在汉口日本巡捕房又出了一个同样情况的田仲香案。西崽乐志华，被他的洋主人疑他偷了八百块洋钱，引到虹口巡捕房毒打，"吃雪茄"，"浇冷水"（见本报二十三四期），打得血肉横飞，死去三次；结果，英国帝国主义者，用种种手段注销两个施刑探捕——加布德和鲍尔庆的罪名，以顾全"西人在租界内的文明和威信"。现在日本帝国主义者则更凶恶的痛快，把田仲香毒打到乐志华的田地，率性用麻绳把他绞死，免得他如不死不活的乐志华一样，留在中国社会，以表彰“外人的文明”。英国人在上海干了乐案的大惨杀后，一面用枉法贿赂的手段，一面还要高谈西人的威信与文明，以镇压上海华人的愤怒；而汉口日本帝国主义者则率性派遣军队上街示威。呜呼！租界内的中国人！

（载《向导》第50期　署名：和森）

南洋烟草资本家打破罢工之恶辣手段

（一九二四年十月一日）

工人一日不做工，便马上要饿肚皮。一个工厂逼到七千多人都采用罢工手段，饿着肚皮来要求免除苛待，其被苛待到甚么程度，也就可想而知了。南洋烟草资本家本来比别的资本家要会使乖些，他那双慧眼早已看清“工人团体结得坚牢”足以制他的死命。所以他对付罢工的战略，第一便是拆散工人团体：为返厂者给双资；升散工为长工；以开除威吓罢工工人；雇用山东打手，拦击罢工工人；贿买巡捕，捉拿罢工工人。

工人肚皮饿到了十多天，一点解决的消息也没有，已经有点心慌胆怯，那受得起这般欺骗和威吓，所以一部分最软弱的便首先忍辱含酸的进厂，于是资本家乃借此大大的宣传：返厂的工人已有了若干，限工人九月十四日一律进厂，否则开除。这样一来，于是含酸忍辱进厂的便更加多了，然而坚持到底的还有两千之众，其势仍不在小。资本家乃别出奇计：一面贿通穆安素和斐斯两律士出任调停，满口担承他们可以为工人取得法律上的胜利，借此缓和工人感情，以便资本家从容宰割。可怜的工人，他们哪里会懂得这个迷人的八卦阵呢？！一面却又收买少数工人，挟制多数工人发表五千人具名的启事，认此次罢工为少数人之煽动，继乃挟制多数工人改选被收买工人充当职工同志会职员；一方将此次工人阶级与资本阶级的争斗变成为工人与工人的内讧；一方从保护资本家的法律上根本取消此次罢工的根据。

到了这时，因被苛待而反抗到底的工人，已经是有冤莫伸，孤立无援，加上“抢掠会内什物”罪名的罗织，所有工会旧任职员都在通缉之列。这种消息见南洋职工同志会启事及南洋职工同志会新任委员长启事，本月二日三日的《民国日报》和《申报》都大登特登著。坐牢罚款的苦痛，贫苦无告的工人在此次罢工中已尽尝够了，惊弓之鸟一听著这消息，自然会吓得屁滚尿流，逃之夭夭，而资本家却于是乎大唱其凯旋之歌了！

一出狠凶险诈的恶剧，我们看到这一段落，便可推想他最后一幕的悲惨！我们试将九月十二日南洋烟草工人万急呼救的传单，仔细翻阅，乃知此一出恶戏并非偶然，完全是邝公耀、李援得了资本家厚贿，阴谋推翻十七条协约和解散工会，故意挑衅（无故开除二女工）制造成功的。一切恶辣手段，都在事前预备停当，可怜的工人，竟不自觉的被他们“请君入瓮”！现在职工同志会的职员，既都换过一班资本家的御用奴才，已把工会的性质变成为资本家御用的性质了。从此，工人只安排受宰受割，再也莫妄想靠他（工会）来谋工人的福利！

前年与资本家所订的十七条协约，已在本月三日南洋烟草职工同志会启事，“……本会图记文件业经散失概行作废……”的一句话中，无形无声的自己把他取消了！以后再也莫妄想根据那十七条向资本家有所要求了！资本家真聪明透顶，工人著了道儿还睡在鼓中呵！此外，减薪加时资本家也在九月二十七日的南洋烟草公司制造厂启事中，“……但战期长短莫可逆料……”的一节回文中，明明白白暗示了，实行就在眼前；罢工失败的工人，好象解除武装的军队，除了束手受死，还有甚么话说！受了骗的数千工友，到那时候，也许可从鼓洞里睡醒过来了！

明决勇敢坚持到底的工友！现社会的报纸，官厅，律士，法律，警察……究竟是为谁服务，保护谁的？你们痛受这一次教训，大概可以完全明白了。你们为工人利益勇敢奋斗的精神，是永远不可磨灭的！工人阶级有了你们，好比有了保卫队一样，工人阶级的解放全靠你们。资本家压迫工人的事实，是常常有的，一次罢工失败算不了什么，你们不要灰心，要好好团结这两千多极坚决、极勇敢的分子，把他们散布在上海各香烟厂内，将这次罢工所以失败的教训，告诉大众，组织更有力的雄军，机会到来，和资本家再拼个你死我活，我敢断定："最后胜利终是你们的。"

此次，我们还要警告国民党上海执行部和国民党机关报《民国日报》：国民党改组宣言政纲上，大书特书著拥护工农的利益，要为工农利益而奋斗，现在国民党的右派党员邝公耀、李援帮同资本家把守正不屈反抗奋斗的工人，弄得要死不活了！上海执行部始终不开除违背党纲的叛徒，而且听任《民国日报》上继续不断地登载替资本家助虐的广告，越登越凶！这显然证明国民党上海执行部和《民国日报》本身已向国民党宣言政纲上拥护工人利益，为工人利益而奋斗的一条，宣布叛逆！

（载《向导》第85期　署名：振宇）

段祺瑞的假和平主义与战争

（一九二五年二月十四日）

近日江浙人民方以淞沪撤兵，兵工厂移交总商会，和平指日可望，因此好似顿然忘记了奉直军阀第二次大屠杀的痛苦，对于段祺瑞裁使废厂永不驻兵的三道命令发生莫名其妙的感激与幻想，尤其是上海那些绅商领袖连日大忙特忙其欢迎事业，拜跪在什么军长，部长，将军的膝前！谁知军阀不怕欺煞你们，原来又是一场骗局，现在双方军队不但未尽撤退，而且从新动员布防，积极备战。这些军阀们钩心斗角时和时战的把戏真是弄得你们五花八门呀！其实这里面的原因并没什么神秘：第一，与段祺瑞争霸长江地盘的张作霖及其贪如狼的张宗昌，决不会半途而废，任安福部维持孙传芳的计谋依然无恙；第二，浙孙、鄂萧是直系势力的最后残留，直系余孽必拼命保持以为将来卷土重来之计，故孙传芳备战的背后又盛传有吴佩孚、萧耀南、齐燮元的新结合。所以现在的江浙问题，外面是奉系与直系余孽之争，实际不啻是段张之争。

从第二次以至快要降临的第三次屠杀，不仅使江浙人民饱尝张作霖武力统一的味道，同时也饱尝段祺瑞假和平主义的味道。我现在敢再做一个预言：在段祺瑞的假和平主义之下，江浙的战祸还不止第三次呢！

岂特江浙如此，全国亦莫不然。现在广东陈炯明对于革命政府的反攻，不与段祺瑞的阴谋有关吗？河南憨胡之战，不与安福部牵制国民军来维持萧耀南地位的计划有关吗？假使陈憨这次不完全失败，以后广东河南的战事也要如江浙一样的无穷哩！

此外，段祺瑞的假和平主义里面还包含一种全国战祸最危险的种子。这种子是什么？便是他拒绝孙中山的主张和人民团体的要求之善后会议。这个包藏祸心的善后会议不仅不能解决时局给人民以和平，反而要从新巩固军阀专政，延长内乱，并使奉系与国民军系的战争迅速爆发！

全国人民要免除段祺瑞假和平主义之下的战祸，只有努力真正人民代表的国民会议之实现，收回政权于由这会议产生的国民政府。各省人民要免除段祺瑞假和平主义之下的战祸，只有自动的民选省长，驱逐或拒绝一切段政府任命的军阀。

江浙人民！你们现在快要受第三次的屠杀了，你们对于军阀的假和平主义还有什么幻想？你们前此若能乘机驱逐齐孙，自动的收回省政，何至有今日？你们现在应该觉悟了；还是待那些戴假面具的军阀给你们以和平呢，还是你们自己努力去实现和平？

（载《向导》第 102 期　署名：和森）

段祺瑞执政后军阀与帝国主义的新攻势

（一九二五年二月二十一日）

受了十三年军阀专政的祸乱与八十多年外力压迫的中国人民，一直到曹吴（外国帝国主义之强固的工具）坍台才发生更进一步的政治觉悟，主张由人民本身来解决时局，换过说，即由国民会议对外废除一切不平等的条约，对内废除军阀制度实现民主政治。

这种普遍的民众的政治觉悟不是偶然发生的，实具有很长期的痛苦的历史。这种觉悟在袁世凯时代和安福专政时代还不会发生，因为那时候一般人民对于军阀还迷信得很，以为他们有权有势可以治理中国。然而这种迷信的动摇，与历年军阀政治的崩溃同其速度。由袁世凯到曹吴，也就是北洋派的命运由神奇而到腐臭的时代。在这个时代的末期，人民若乘机起来努力奋斗，在客观上是有废除军阀制度、实现民主政治之相当的可能。

然而这种可能的新变化和民众政治本能之觉醒，于外国帝国主义及其所扶植的军阀都有致命的危险。他们用什么方法渡过这危险，使中国军阀政治又由腐臭而至于神奇呢？段祺瑞包办的善后会议以及不久将由这会议产生的所谓国民会议，便是这种作用的法宝。

有人以为军阀知道用会议方法解决时局，是军阀向民主政治的进步，由此未尝不可渐渐达到民主政治。现在少数政治思想落后的商人贵族，大学教授和新闻记者对于善后会议多少抱了这种幻想；段祺瑞和隐在他背后发踪指使的帝国主义者，更努力借这种会议方法及少数政治思想落后的上层阶级以扩张这种幻想于各阶级的人民。自然，方在根本觉悟要废除不平等条约与军阀制度的最大多数平民若渐渐传染或接受了这种幻想，岂不是段祺瑞和帝国主义的大成功，岂不是军阀政治与段祺瑞的本身又要由腐臭而变为神奇？

然而这是客观的事实所不容许的。客观事实告诉我们，段祺瑞欺骗人民的会议方法不是趋向民主政治，而是从新趋向巩固军阀政治，并且企图以光棍军阀的资格来挽回军阀政治的末运而使其复达于北洋正统的极顶。因为他是一个光棍军阀，又值民众政治势力之觉醒，所以不得不抛弃从前武力统一的主张而戴一副和平统一的假面具；因为他要以光棍军阀的资格与张作霖冯玉祥两个势力派竞争，所以更不得不利用假和平主义来做明争暗斗的武器。惟其如此，所以段祺瑞将成为北洋派最后而且最反动最狡猾的狄克推多，他那“外崇国信”的卖国事业和搆煽操纵的内乱行为，将来必十倍于从前的安福时代。如现在江浙之战、广东之战、胡憨之战及将来张冯之战，其操纵搆煽的机栝全握于这个徐世昌第二的光棍军阀手里，他的立脚点也就完全凭立在以上各势力派间的冲突与操纵上面。

现在他御用的善后会议开了二十多天，试问议决了什么要案，解决了什么时局的纠纷？

全国人民迫切要求解决的要案有二：一是废除一切不平等条约；一是废除军阀制度，把政权归还人民。因为这两件事情是时局纠纷的根源，必须这两个根本问题有所决定，一切战祸的消灭，民政的设施，军队的裁减，财政的整理，实业的振兴……才能实际进行。

自命以善后会议解决时局纠纷的段祺瑞已经把这两个根本问题提

出而有所决定吗？不会的，决不会的。他所以独断独行拒绝孙中山的主张和人民团体之要求而包办这善后会议的缘故，便是要挡住或打消这两个根本问题，而从新巩固那开始动摇的外国帝国主义在中国之特权和历年崩溃将近灭亡的北洋军阀之命运。

二月以前，民众废约运动的怒潮和孙中山宣言之反响，不啻是八十年以来隐痛吞声的中国民族对于外国帝国主义之大反叛，不啻是接着土耳其、阿富汗和波斯的胜利对于国际帝国主义与以致命的打击，当此之时在全中国以及全世界的帝国主义者是何等的恐慌，何等的狂叫呵！当时他们恐慌错乱的程度已经到了这步田地，便是逼得他们不得不向中国寻找让步的方法。日本帝国主义呢，极力拉拢孙中山，并极力给段祺瑞计划些假和平主义假民治主义的方案；美国帝国主义呢，慌慌张张打发舒尔曼回中国宣布美国无侵掠中国之野心，并极愿实践华会增加关税撤消治外法权等议案，使中国人得自己管理其国家。这些纵然是帝国主义假仁假义的手段，然亦确是逼于中国民族觉醒之威胁，不得不思有所让步而和缓中国人民的愤怒。所以此时中国的国际情形，帝国主义列强颇有由进攻而至退让的趋势。

然而自“外崇国信”的段祺瑞就职与善后会议的计划成功之后，中国开始变动的国际情形忽又回复旧观，——当然中山病笃，及上层阶级政治觉悟的落后与叛逆也不无多少影响。现在帝国主义列强又日看日的复向中国人民取攻势了：金佛郎案的承认呀，参战借款的整理呀，无线电台的独霸与均沾呀，已日迫日紧。这个卖国不眨眼的安福首领什么做不出呢？只要日本再找他五百万（从前参战借款尚有五百万未付清，段即被吴佩孚打倒了），法国给他一千五百万（本月十四日新闻报专电：法使以前昨两年海关扣存法意比庚子赔款折合华币约一千五百万元存储汇丰，大不满意，故要求先付纸佛郎，但财部需款，拟全数提用作为借款，期以二年，正在磋商），什么也可做出。据近日京沪各报消息，存在参议院秘书厅的参战借款档案已全部被人窃去，这是什么一回事？他胆敢公然的尝试国人，说参战借款和金佛郎案都交善后会议解决，这又是什么一回事啊！

不用说，段祺瑞卖国的胆子素来比曹吴还更大，金佛郎案、参战借款案……都是曹吴所不敢承认的，而段祺瑞一定胆敢用种种欺骗人民的方式来承认。曹吴虽然是帝国主义驯服的工具，然而尚敢公然违背帝国主义的意旨与苏俄恢复邦交。段祺瑞怎样呢？他在废约运动的高潮中，公然宣布不赞同孙中山的主张，认中山主张为过激，以此讨好东交民巷的英美帝国主义者，使其与日本一致承认其僭称的临时政府；外交团饬令中国遵守条约的通牒显然是“外崇国信”的宣言招来的，金佛郎案等也显然是这个可耻的卖国的宣言招来的。因此外国帝国主义者顿然改变战略，从新进攻：于金佛郎等案以外，现在又公然通牒干涉中国的路政，以为共管中国铁路之第一声；实行要求扩张上海租界；最近日本帝国主义者以武力和外交的压迫政策来干涉上海日本纱厂纯经济性质的罢工，尤足以代表帝国主义向中国人民从新进攻的特性。

段祺瑞执政还没有三个月，他卖国辱民的行为快要超过曹锟时代之总和。他用包办善后会议的方法压低了废约运动国民会议运动的潮流，挽回了帝国主义在中国的危机，并给帝国主义以从新侵掠中国的动因与保障。我们现在试看他对于人民注意的另一根本问题——废除军阀制度是怎样？他改督理为督办的愚民手段，维持萧耀南、齐燮元、孙传芳的阴谋，我现在都不赘说，只问他在善后会议怎样提出或解决这个时局纠纷的根本问题。当然，他要欺骗人民，系住一般上层阶级的幻想，他不得不冠冕堂皇提出所谓整理军政案来敷衍门面，但在提案说明之时，便即声请会议保留此案而不容有所议决。十九日北京电：

今日下午二时，善后会议第二次开会，到百十九人。首议段祺瑞提出之整理军政案，段亲自出席说明意见四项：（一）现各省收税若干，（二）政费若干，（三）军费若干，（四）各省除政费外，能养兵若干，今人心厌乱，善后会议首议此案，即表示应先整理军政等语。段退席后，林长民发言，谓本案仅一表格，无从讨论，应付审查；汤漪谓本案无具体办法，应保留，主席报告政府代表吴光新对本案有意见陈述，吴出席谓政府希望全国兵额不得过五十万，因无各省兵额调查故政府未定办法。刘传绶谓本案非提案人声请保留，本会不能保留，吴光新因代表政府请保留。

这不完全是一出欺骗人民的喜剧吗？

有人以为段氏善后会议的把戏完全要失败，因为他一点时局的纠纷也不能解决，一个军政的重要问题也不能决议。殊不知醉翁之意不在酒，他包办善后会议的本意，绝不是真正要来解决时局纠纷，议决什么废督裁兵理财等重要问题，主要作用只在一面借此来欺骗人民，阻止人民自动的废除不平等条约和军阀制度的改革运动，一面借此产生安福国会式的御用国民会议，选举他做正式总统。

他这样的目的，现在显然摆在我们面前：由他钦定的国民会议条例现在已经发表了。他限制国民会议的职权只在议议宪法，同时剥夺占全国人口百分之九十的工人农人（因有教育程度的限制）与妇女的选举权。

善后会议既不能而且不应议决什么，然则他何以只准国民会议议议宪法而不准其对于军政等重要问题有最终的决定呢？这是不难知道，因为他若准许国民会议对于时局纠纷的根本问题有最终议决权，他便不啻完全抛弃了包办善后会议的主要目的：挡住和阴消人民废约废督的改革运动。这个安福大盗，不仅是窃了国，而且连人民的国民会议也被他窃了！

人民解决国是的会议方法既被大盗窃了去利用，然则人民便消极的反对，听其为恶自毙吗？不应该如此，绝对不应该如此。这个大盗自行晋京称执政已是垂毙的军阀再向人民进攻之第一步，敢于包办善后会议已是第二步，敢于制造安福式的国民会议条例已经是第三步了。人民若再不起来反抗，他的第四步第五步……便要飞速的进行，不至完全从新巩固军阀专制的战乱局面和外国帝国主义奴隶全中国人民不止。

曹吴时代，人民的努力还不充分，现在反对段祺瑞祸国的工作，至少也应加十倍。同时我们须知段祺瑞盗国的命运也决不会比曹锟更长，我们只要现在能努力不懈的贯彻废约废督的改革运动，最后的胜利一定是属于我们人民的，切不要因段祺瑞盗了我们人民的会议方法，我们对于国民会议运动便采消极不理的态度。一切觉悟的半觉悟的中下阶级各层民众与其团体，现在对于段氏钦定的国民会议条例应有联合的动作，至少也要使段祺瑞复建安福国会的阴谋不得完全实现。这种动作也就是人民防堵军阀与帝国主义之新攻势的起点！

段祺瑞包办的善后会议业已证明不能解决什么，一切时局纠纷的根本问题应归真正的国民会议来决定。段祺瑞僭称的临时政府业已证明为增加内乱外患的源泉，一切政权应当归还于人民。只有这样的要求成为普通的群众的行动，才能贯彻废约废督的目的，才能真正免除军阀的暴政与战祸，外国帝国主义的进攻与压迫！

（载《向导》第 103 期　署名：和森）

今年五一之中国政治状况与工农阶级的责任

（一九二五年四月二十六日）

今年五一的中国政局，我们工农群众人人都可感到一种与往年不同的状况：一面是国民革命潮流之高涨；别面是北方赶走了吴佩孚，南方赶走了陈炯明。这都是英美帝国主义最强固的工具，我们工农阶级最可怕的死敌；而且我们北方的铁路工友和广东的工农群众都亲自参加打倒这两个恶魔，这是我们今日可引以自慰的。

可是曹吴虽倒，而代之以起的段张又在北方企图从新巩固军阀专政的局面；英美帝国主义在华势力亦未因曹吴失势而有所动摇，而日本帝国主义在此新安福时代又完全恢复了旧安福时代的盛势；废除不平等条约的运动被卖国媚外的安福政府阻止了，真正的国民会议也被段祺瑞破坏了，所以全国几万万劳苦平民依然处在帝国主义封建军阀的铁蹄蹂躏底下。

自“二七”大屠杀的祸首曹吴倒了之后，我们被压了两年的劳动运动渐渐复苏。这固然由于政局的转变，但决不是帝国主义与军阀对于我们的压迫有所轻减，不过由于各帝国主义各军阀之间加紧的互相冲突，我们才有此复苏之可能。然而这种可能现在还是很有限的。由京汉路总工会恢复后的现状和上海日本纱厂大罢工及数月中其他各处罢工的结果观之，便可显明最近劳动运动复苏之性质——还是守势而不是攻势。这种状况恰好是曹吴倒后另一反动的军阀政局还未全臻巩固之反映。

事实告诉我们：若无帝国主义和军阀的压力，我们工农阶级不仅可以成功全国强固的经济组织（工会），而且将是政治争斗中最伟大的势力。帝国主义军阀知其然，所以自来即极力压迫，不使我们无产阶级有集会结社的自由。现在我们又要起来了，他们将怎样？上海纱厂罢工时，日本报纸已公开的说："曾被吴佩孚解散之工会均渐复活，而其运动之急进大有一日千里之势，故英美法日等国对于此种现象多怀恐怖之念。"

他们既然这样的恐怖，他们对于我们的第二次攻势自然正在准备着呀！同时国际的劳资阵势，还是资本继续向各国无产阶级进攻；资产阶级左派所自诩的和平民治时代业已终止，凶恶的法西斯蒂和军事的狄克推多正在西方一切资产阶级国家中横行。在这种反动的国际形势之下的中国，现在又由最反动的军阀段张宰制着，我们未来的艰难是可想得到的。

在国际资本帝国主义与军阀高压之下，中国劳动运动发生一种特性，即凡经济的运动都要变成政治的事变。自海员罢工，京汉罢工，上海日本纱厂罢工以及衡山、（前年）花县、广宁的农潮莫不如此。这种事实一面足以说明经济争斗与政治争斗的关连，一面足以说明中国工人阶级参加国民革命之必要。中国是国际资本主义的殖民地，殖民地工人阶级天然的负有两重责任：一面应为民族独立的共同利益奋斗，同时应为本阶级的特殊利益奋斗。怎样才能完成这种重大的责任？第一要有明白的阶级意识，第二要有独立的经济组织和政治组织。

我们若以"只问面包不问政治"的态度拒绝参加反帝国主义的民族革命，那末不仅是一种错误，而且是一种罪恶，因为如此将使中国无产阶级永远屈服于帝国主义之下，而遗误自己解放的前途。但若没有明白的阶级觉悟，沉溺于资产阶级小资产阶级的幻术之中，而为什么“全民革命”“阶级协调”的口号所欺骗，其危险亦将不减于过河拆桥，徒供资产阶级的利用。土耳其资产阶级胜利后立即解散工会、捕杀共产党便是榜样。

资产阶级参加民族革命的倾向与无产阶级参加民族革命的倾向是完全不同的。无产阶级是要求彻底解除资本主义帝国主义的经济羁轴、政治羁辄的；资产阶级只要帝国主义肯把其特权让一部分给他们，他们老早就准备与帝国主义妥协了。

然而民族革命之客观的趋势，终于要超过资产阶级民主制的范围，因为他的最后胜利是与世界资本帝国主义不两立的。所以在民族革命运动的开始，资产阶级分子和智识阶级都踊跃的来站在这种运动的领导地位；但一俟劳动群众自觉的参加运动时，这些先生们便都会离开从前的立场去谋反革命。这便是我们无产阶级共产主义者加入国民党后，国民党右派起来反革命的原因（参看本报上期冯自由派反革命的解剖）；也就是今年五一我们工农阶级应当郑重温习的政治经验。

国民党改组一年以来，民族革命的潮流增高，同时反革命反工农的潮流也增高。一些智识阶级随着买办阶级地主阶级的口号，于未参加革命之前即行反革命反共产反工人反苏俄（如《醒狮周报》反动的国家主义者）；或跟着冯自由等涌入国民党，口头唤革命，实际干反革命的勾当。他们利用反共产的口号来抵制反帝国主义。这是甚么现象呢？这完全是“上流社会”帝国主义的附属物欲永远奴隶我工农而保持其特权之表征。

由沙面罢工、商团事件、广宁农潮，以及一年来各种各色的反革命丑剧证明，只有工农阶级是忠于反帝国主义和民族革命的台柱子。从今以往，我们工农阶级惟有增强反帝国主义的争斗，才可领导中国民族达到真正的解放；亦惟有成功独立的阶级的组织，才更能增强反帝国主义的势力，而完成我们工农阶级历史的使命。然而帝国主义的附属物就是要极力破坏这一点。他们天天散布毁谤共产党的谣言，破坏工会农会的组织，打破罢工，收买工贼组织招牌工会和什么劳工反共产救国同盟会等。资产阶级越在东方越无力，同时亦越在东方越反动，越卑鄙龌龊、无恶不作。

但我们绝不要因此退缩丧气；我们更要勇敢奋斗。世界资产阶级的灭亡和无产阶级的兴起是历史进化的必然律。帝国主义若被我们打倒了，这般反革命的附属物至少也要跟着打倒一半。这个责任当然伟大而艰难；但决不应因为艰难而减轻我们自己的责任！

（载《向导》第 112 期　署名：和森）

今年五一之广东农民运动

（一九二五年四月二十六日）

广东农民运动是国民党改组后实行其新政纲之一部分的产物。广东农民运动不仅是全国农民运动的先导，而且最足以显明工农阶级参加国民革命的影响与特性。他的现状和经过想是一切关心中国革命之新动力与工农阶级发展的人们所愿意知道的。兹特将最近所得材料与消息缀成此文，以饷读者。

（一）省农民协会将于五一开成立大会

从去年国民党中央农民部颁行农民协会章程及设办农民运动讲习所，派出特派员实地宣传之后，广东遂开始有了系统的农民运动。以前海丰虽然成立过大规模的农会，但总不免染着一种狭义的地方主义色彩，而且内部的组织不从基础上着想，只是一乡一乡的组织起来，故被陈炯明拘捕几个上部的办事人便冰消瓦解了。

在国民党和革命政府的扶助之下，广东农民运动理宜进行顺利。但事实上，地主劣绅常与国民党右派军人官僚勾结，极力暗中阻挠破坏，或明施攻击。在这一年中虽然发生过许多次的悲剧，农民运动受其打击不少，但只要国民党的新政策未完全被右派推翻，广东农民运动仍然是一天一天发展的。

现在广东政府势力范围以内，已经有了农民协会组织者二十县。计：番禺，南海，顺德，香山，东莞，宝安，增城，惠阳，海丰，陆丰，惠来，鹤山，广宁，清远，高要，新会，花县，曲江，普宁，潮安等二十县。已经成立县协会者有广宁，花县，海丰，陆丰四县；在旬日内可成立县协会者至少有番禺，顺德，香山，东莞四县；其他各县均已有区协会成立。会员人数共十六万人。

照协会章程：有五个县协会成立，即可组织省农民协会。今既超过此数，而且事实上亦要求一指挥全省各县协会的统一机关；现时国民党农民部虽未行使省协会的职权，但是以一政党而与一经济的职业团体相混，终觉不大妥当，所以省农民协会的成立，当然事不宜迟。闻主其事者业已决定于五月一日正式召集省代表大会，成立省农民协会。其代表的选出法：先从乡起，每乡召集会员大会，选举出席区会代表，代表人数视该乡的会员多寡而损益之，大概乡会会员十人可选代表一人；各乡代表选出之后，即召集该区各乡之代表开代表会，互相推举若干人（大概每百人选一人）出席各区代表会议；该区代表选出后，更召集该县各区代表开一代表会，由这次会议选举若干人代表该县出席省农民协会成立大会。预计各县代表在百二十人以上。大会议程，闻为：（一）农民自卫军组织法案；（二）农村合作社新组织案；（三）农村教育宣传案；（四）民团问题；（五）土匪问题；（六）对于地方官吏及驻防军队之苛捐婪索取缔案；（七）修改协会章程。

省农民协会成立大会之日，亦即是第二次全国劳动大会开幕之日，并闻青年军人联合会亦将于是时召集大会，而三个大会将协同举行一次兵工农联欢大会，——一面表示其阶级的带连义气，一面表示其共同的政治要求。所以今年五一不仅在中国劳动运动史上放一异彩，而且将在中国民族革命史上放一异彩！

（二）打倒陈炯明后的东江农民

此次革命军在东江的胜利，农民的帮助是一个重大的原因。本报前几期曾指明过了，此处不用赘述。陈逆走后东江农会复苏的情形（海丰农会一九二三年八月被陈炯明解散，捕去会员二十人，监禁半年；一九二四年三月农会领袖们被释出狱后又开复活大会，到会群众万余人，地主绅士和陈炯明大惊，旋遭第二次武力解散）怎样？本报昨接彭湃君来信，报告甚详。彭君是东江农民运动的领袖，他的来信说：

> 二月廿七日我军入海丰，当时粤军先至县城占住陈炯明之将军府陆军学校。我（彭君自谓，以下仿此）从淡水一路至白云，所过乡民无不痛骂陈军之野蛮——奸淫、掳掠、放火。由白云入鹅埠赤石梅陇一带，农民欢迎我军异常热烈，或插青天白日旗或插农会旗，沿途并插，旗上都写标语；摆茶摆水、欢呼革命万岁者不绝于途。我抵海丰第二日即二十八日，各乡农民来问我，磋商农会进行事宜，及与我欢叙别后三年来受陈逆压迫之痛苦者约有七八千人。三月一日经陆丰惠阳惠来，是日有农民万余人到农会，使我应接不暇。三月三日开海丰全县农民欢迎党军大会，到会者三万余人。海丰城自陈军劫掠后已呈十室九空之状，是日城乡一带行人拥挤异常，各商店亦纷纷开始营业，骤呈盛状。在农旗蔽野欢声雷动之中，平山，加伦两同志及许总司令皆登台演说，农民鼓掌声如巨雷。尤以许总司令对农民声明将海丰逆产全数之半归农会，十分之三归工会，十分之二归学生会，并主张取消苛税杂捐，农民更热烈的欢呼党军万岁。许总司令，加伦同志出发时，数万农民携小旗沿

途欢送。并由此大会发出快邮代电，农会亦于此日宣布恢复。在县代表大会未召集前，由旧时职员组织临时县执行委员会，行使会务。我一入海丰境，农民就向我表示要求减租取消苛捐及发给武装。以上三项，尤以武装之要求为最切，在欢迎大会时也有此种要求。经许总司令答应将所缴陈军枪械之中提出四十杆给农会。

陈军此次逃败，枪枝子弹散失各乡不少，多为农会会员所拾，亦有缴到农会来者。农会得此枪枝即成立农民自卫军。陈军溃时，枪械多藏匿于乡间各亲戚家，农民来报者日有数起，此种枪械若不收集诚为后患。当此镇压反革命之时，农民非有武装不成，而且农民协会之根本问题亦非农民有武装不成。所以农会现已决定扩充农民自卫军一百名，训练三个月，养成下级干部人才。同时并组织农民运动讲习所，约四五十人。

现在东江农会运动的发展当已不成问题。只是军队与农民的关系还发生问题。这个问题于党军教导团当然不会发生，因为教导团有铁的纪律并受了充分的政治教育，所以无处不为农民所欢迎。现在问题只在那些还未受政治教育与从新整饬纪律的军队。此次农民充革命军夫役向导侦探等职异常出力，但粤军对于农民夫役仍然不免残酷，凡到一地不肯放回，即放回亦每不给夫价，农民向前理论，每以刀刺之，有一农民手掌制伤长寸许，我带往见总部副官长，该官长只说待查办，夫价依然不给。本来农民向农会报名愿充党军挑夫为党服务者有五千余人，但粤军偏偏不找农会反要自己去拉夫才快意，真不知何故。又党军来时曾向农民宣言不筹款不拉夫，并取消苛税杂捐等。现在款则筹了又筹，凡从前陈炯明所抽的捐项，除了烟捐禁止之外，其余杂捐亦依旧抽收。以故农民异常怀疑。

以上都是彭君来信中的话。彭君最后提出来的问题，我们认为很关重要的。任何陈林反攻，唐继尧侵桂的问题都没有这个问题的重要，因为革命政府若真获得农民群众的拥护，这些反革命势力是不难制胜的；苏俄便是用这种方法制胜了反革命的好榜样。当陈炯明第二次解散海丰农会时，曾对彭君兄弟说：“群众我是很怕的，尤其是农民。我从前在广西时几乎被乡民赶出来，兵力虽足以战胜桂军，而没法镇压农民，他们出没神秘莫测。”（见本报七十期关于海丰农民运的一封信）。这回陈炯明的命运果然又结果于农民之手，可见革命若得劳苦群众的拥护，抵抗敌人一定不必单靠军事势力来决定。现在问题不在农民帮不帮助革命，而在革命政府本身的财政政策与军队之改造或取缔。这是陈炯明倒后国民党与广东政府急须有所决定的。我们屡次主张而且现在更主张国民党政府应立即将军事行动的负担由小民移于反革命的大地主买办阶级肩上，并仿照黄埔教导团的方法，改造许汝为部下的粤军及其他愿意继续革命的军队。

（三）广东农民之概况

广东是外国资本主义最先侵入的地方，所以农业经济亦最先破产，失业农民远在几十年以前即一群一群的向海外寻生活，流落于美洲、澳洲及南洋群岛为华工。别一方面，地主贵族一天一天的买办阶级化，近代式的外国资本主义不仅未打破中国封建社会的一切束缚，反而极力加以维持，借以镇压那含有平英团、义和团之可能性的几万万农民群众；因此封建社会的旧势力、旧思想、旧习惯在广东社会及海外各属的华侨中特别保持着（帝国主义早已替中国保存国粹，已不待国故大家、东方文化大家和反动的国家主义者费心了），直到如今比内地各处都还腐败都还可怕。所以广东农民一面受外国资本主义的影响特别大，一面受地主贵族的压迫亦特别严。

广东农民，大多数为佃农，其次为半自耕农及自耕农。现在他们所受的经济压迫之显然可见者，第一是田租，大多数五成以上归田主所得；第二是田亩捐，每亩由二毫至六毫，田主佃户各出一半，归民团所有，有时亦为商团所有；第三是军队苛捐，约占农产物价格百分之三四，或名目繁多，且征收不止一次，归驻防军所有，有时亦为土匪所有；第四是青苗债，每年青黄不接之际，农民向地主借钱还谷，大都借两元还一石谷，月息百分之三十至五十；第五临时借贷，农民需用工具肥料种子及吃用等，向地主临时借钱谷，月息由三分至五分；第六私当，农民意外急需时拿自己的东西向地主抵借，利息有以日计算者，农民呼之为“雷公劈”；第七公当，月息三分，赎期半年或一年；第八钱粮预征，政府因筹军费预征钱粮，地主亦有预收田租者。所以他们的经济压迫，概括的说约有四项，就是重租、苛捐、高利债和钱粮预征。

自资本帝国主义侵入以来，农民所受的政治压迫亦与日俱深。帝国主义者利用军阀官僚压迫农民，农民眼见得到的就是地方官或军人保护传教师霸占田地山庄为教堂。官僚、军阀、劣绅互相勾结利用，包揽词讼，挑起农民私斗以敛钱；或借慈善事业如修县志、道路、桥梁等来敛钱。田主勾结地方官或驻防军勒租索债；土豪下结土匪，上通官府，对农民敲诈勒索。

在连年军阀战争中，地主阶级利用农民武装自己；如民团乡团之组织，乡镇自治之要求及反对驻防军队等，都是地主们欲在乡村取得本阶级的政治地位之表现。现在地主阶级差不多全有武装，而且潜势力很大。及农会运动发生，地主知农民不易利用了，遂与国民党右派及军阀相勾结，成一地主与军阀之反革命的联合战线，向农民进攻。商团变乱之前后，一面买办阶级与地主阶级联合进行反革命，同时李福林任民团统率处督办，亦到处勾结乡团商团土豪劣绅等实行摧残农会。他们共同的宣传农会为共产党机关，以图反革命之复燃。幼稚的农民运动经不住这个进攻，遂发生踌躇不前或退后的现象。如花县、顺德、广宁、香山、东莞等处均有此种现象的表现，尤以花县和广宁更显著。

（四）农会被摧残之一斑

本报近来搜集广东农会被摧残的事实，所得材料非常之多。现在专举上年十一月中的几个报告，以见农会被地主、劣绅、国民党右派军人摧残之一斑：

A 香山县

1. 小黄埔　小黄埔农民协会自成立以来，进行颇利，一般农民极感团结的必要，对于会务异常热心，但为当地之土豪劣绅所忌。十一月十三日下午，乘正副委员长不在，被劣绅陈思敬陈华翰纠合八人，各持枪械，直入农会，洗劫一空，将所有书籍行李什物尽数捣毁。声称奉香山县长林警魂命令特派到来解散，若小黄埔有此农会，实属于地方治安大有妨碍。言毕即将孙总理肖像撕毁掷地，谓为怪物。

2. 北侧乡　北侧东侧农民协会，于十一月八日，突被驻扎容奇顾家祠之福军林响带同兵士百余人蜂拥入乡，将该农会旗帜及总理肖像撕毁，并拘去会员六名，所有会内衣服银两扫数抢去，会之近邻亦受抢，声言搜查乱党，后由省电诘，始诿谓误会，释放会员，然已饱受蹂躏矣。

3. 大冈乡　于前星期为田主劣绅勾结商团围困农会，开枪扫射，击毙会员（农民）三名，捕去数名，捣毁一切而去。

4. 谷都乡　该地已成立一国民党分部，近为土豪恶霸捣毁。此次第二届农民运动讲习学生到该地组织农会，由县派游击队保护宣传，返县城时，中途为土豪劣绅纠党放枪截击，幸未伤人。

5. 小揽沙步乡　该地有组织农会之可能，值演戏机会，派人到地宣传，为地主乡痞凶殴。

B 广宁县

两个月以前政府委任蔡鹤平为广宁县长，但旧县长未允交代，新县长因乏实力拥护，无法入城接事，乃走至江屯与李济源勾结，希望李予以助力，李乃介绍土匪头邵佐助之攻县城。饷项不继，土匪又非钱不行，李与劣绅马月庭等主张抢掠，于是拿去该地农会名册，嘱各匪令其对已加入农会者可以抢杀夺牛。土匪依计而行，现起始在江屯附近江坑宾坡望墨斗塘一带劫牛，遭害者已逾十家。又以前广宁江屯一带保卫团抽收团费，每石四升，现在加扣至一斗或一斗三升不等，农民至感困难。因此二事，多数加入农会之农户不明真相，以为未加入农会之前无此种种危害压迫，加入之后反受种种痛苦，乃怨及办农会之人，谓为多事。

C 东莞县

1. 宵边乡 被西路军谭启秀营在该地拉夫骚扰，并将该农会执行委员长蔡如平及会员蔡某掳去殴打，受重伤。

2. 怀德乡 十一月九日为该乡乡团正邓远昌、副团正邓修国纠合团丁三十余人闯入农会，如狼似虎将总理肖像旗帜撕毁无存，拘去会员二人，淫刑毒打。

3. 涌头乡 被逼缴纳联团费，捕去数人，后得他乡农民援助，才将捕去数人夺回。

D 花县

花县县长谭声咏，勾结劣绅江耀中，联合民团土匪，设立田主维持会，仇陷诬枉农会及办事人。谭声咏未能到任以前即寓田主维持会中，尤属显然。至本月十四日谭声咏得民团（土匪变相）拥护，运动驻防军队成熟，得入县城，旧县长知势力已去，乃不待交替即离城去。是日以田主而兼土豪绅士之江耀中等即在平山开地主维持会大会，提议拘办办农会的人，肇事即在目前。

E 南海县

南浦乡 南浦农团军成立已逾一载，成立之后即为商乡团所嫉视，一般劣绅恶商更多方破坏。在商团未被击散前两月，即为佛山商团勾结乡团土匪，强入南浦，竭河而渔，损失已不赀，以其势力不能与较，忍气吞声而已。及第一二次商团罢市时，商团势力热可炙手，而佛山商团尤横戾，其嫉视南浦商团益甚。其时省城适有农民讲习所之设，旋改为广东农民自卫军，南浦农团数十人与焉。及击败商团后，附上农民深感受愚，拟改编农民自卫军多处，遂先遣归，未及旬日，而滇军之事作。初南浦划为三区，各区设一分团，第三区分团乃假乡庙为地址；十五日前，忽有称官产处者数人，携同锹斧，指该庙为官产，硬欲拆卸，为该团所拒，乃不能逞而去；五六日后，遂有第三军胡思舜部（滇军）多名到该分团，将团内一切什物捣毁一空，拘去留守者多名，复按家搜索，缴去枪械十二杆；次日势更汹涌，强行拆毁该庙，鸣枪示威，严密布防，如临大敌，该乡男女老幼，惊惶奔逃，无处安身，虽经政府电饬滇军制止，仍置若罔闻。该农团在商团侧目时犹能幸免于难，今于商团败后正可从容扩增团结各乡一致进步之日，乃竟被摧残于政府军，亦奇事也。

F 番禺县

钟村乡　钟村特别农民协会，最近被该村商团掳去会员二人，囚禁于商会，以农会名义去保，置之不理。驻防福军袒护商会。

（五）广宁农潮之回顾

广宁县在广东之西北，人口约四十万，农民占百分之八十。农户中佃农占百分之六十，半自耕农百分之三十，自耕农百分之十。大地主甚多。占人口多数之佃农，其生活极苦，其向地主所佃之田，每年每亩亏本约在六元以上。其收支比较如下表：A 收入之部——在中等年况，每年每亩收获约十石，除纳七石五斗租谷于地主，所余仅二石五斗，以现时每石三元计算，佃农每年每亩实得七元五角。B 支出之部——种子费每年每亩约三元五角，肥料费约三元二角，农具消耗约一元，工食约六元，共计十三元七角。收支两抵，亏本六元二角。此外每亩尚须缴纳什么乡保卫团费、巡田费、田土业佃保证费、乡联团费等约二三元。至于父母妻子之扶养费教育费及其他生活必需之种种杂用尚不在上列支出之部。

该处农民向地主佃田，或用契约，或用口订，没有定规，因此地主往往得自由加租及收回耕地；而一般农民亦以地狭人多，互相争耕，如此，地主更得乘机操纵。当农民向地主订田时，地主每亩索取佃信银十元或二十元。地主下乡收租时又有所谓田信鸡一只、菜银数十文及雇工挑送费约每石课米一升。此外还可用加大的斗斛去量租。以上种种条件，佃农稍有欠缺，地主即告知该地保卫团局或警察派兵捕押，任意罚金。若值岁歉，地主更铁面无情，不能短欠升合。广宁农民运动之勃兴，初系广州油业工人回乡宣传活动之所致。上年五月间成立农会，加入者达万人。地主劣绅见将不利于己，乃以保卫团兵力捣毁农会殴伤职员而去。农会领袖，收拾残局继续奋斗，至十月间农会运动又形蓬勃，遂成立县农民协会，并组织农民自卫军，同时实行减租运动。于是东西南三区富豪与前捣毁农会之劣绅江汉英等见农会在各区集众公决减租：以六成归地主，三成归佃农，一成归农会。他们遂先发制人，于旧历十月十六日召集各区田主绅富会议，决定一致反抗，而以“乱世无王，强奴反主，大祸压眉，武力反抗”等口号相号召。一面飞函各处绅富协同反抗，一面标贴“不承认减租，从农会者自误”之长红告白，恐吓农民。当他们集会时，个个摩拳擦掌，大呼“有田主无农会，有农会必攻破”。他们议决收谷时各人佩齐武装，不承认升合抽交农会；并悬赏格，如有临时勇敢帮打加入农会之佃农者，愿将所耕半造之租谷豁免，若被打死，恤安家费六百元，伤者包医全愈。试看潭乡各坾业主标贴之长红，倒是很有趣的：

盖闻八政详于洪范，食货为尚，四计陈自豳风，耕稼最重；故佃人勤劳操作，资粒食以育家人，业主仰望西成，仰斗升以供国课，此田产所关特重也。近有无耻之徒，恒心顿丧；左抽右剥，常存燕食之心，结党合群，每肆鲸吞之计；有此流风日炽，甚于天灾之流行，弊窦潜生，惨于萑苻之洗劫。独不思凡噬人膏脂已非豪杰，夺人财产岂是英雄？且不视乎董卓荣膺恩相尚遭王允所诛，公谨计取荆州何丧巴丘之地？大祇凡事付诸天命，岂诸人力之图谋。嗣后无论诸款抽捐租谷，各业主概不承认，各佃人切勿混交。倘有违抗，乃为自误，愿各佃共慎之！专此预闻。

同时业主积极准备武力进攻，决定潭埗先成乡团一百二十名，江屯狭溪于旧有五十名外再加五十名，东西南三区联防旧有三十名，添招九十名，并勾结李济源匪军四百名，共八百余人，决于旧历十月二十八日向农会各村总攻击。农会发出减租宣言，并严整纪律：（1）不得僭耕；（2）不得私自抗众背章完纳；（3）不得于应交田主成数额内有所短交，及各种流弊；（4）全体会员一律出身反抗田主无理压迫；（5）无论何村有事，各区农团一律会齐出发援助；（6）全体会员完全听县区乡执行委员会指挥；（7）如有违背纪律时，得由纪律裁判委员会从严裁判。地主既积极准备作战，农军亦出发自卫，因而农会声势甚张，各区未加入农会之农皆纷纷要求加入，即极巽懦者亦停纳租谷，不受田主催促，盼望农军胜利。

县长蔡鹤平，定于十二月一日召集农民开会解决减租问题，届期农民代表赴县，而蔡宣布改期，不料地主江汉英江淮英等乘此不备，纠集土匪百余人袭击社冈农会，幸被农军击退。农民代表去质问蔡，蔡显然袒护地主。本来中立田主皆允照农会决定成数收租，惟少数恶地主挟其封建的“主人”权威决用武力剿灭农会，中立地主亦无如他们何。农会武力不够，乃电请国民党发兵援助，国民党中央执行委员会决定派铁甲车队去援助。同时业主维持会一面派人携款往四会属茶等处广雇土匪，一面运动政府军第三师郑润琦部扑灭农会，不久第三师果派两连兵士前来，地主们大宰猪牛，欢迎于保卫团局。地主们因此有恃无恐，百倍活动，乘机招兵买马，着着进行，并宣传第三师要扑灭农会，缴农军械，同时到乡收租，强勒十足，一粒不减。

然忠实援助农民的铁甲车队亦到了，农民勇气百倍，异常欢迎，开一农兵联欢大会于杜冈。每家农妇制“革命糍”为午点，糍上印革命二红字。妇女们在这次运动中尤其热心，每次每乡“聚福”会议时，“婆姆”们出席参加者不少；四乡鸣锣出队，一般婆姆也很踊跃，在后方煮饭煮粥烧茶，或抬大炮上山，或运兵士食料于前方，因此把乡村的革命精神，提到顶点。

第三师虽被地主运动，只因铁甲车队与农民自卫军连战大捷，敌人望风溃走，不久农会方面即得到胜利的结果。据参加这次争斗者说，农民在此次经验中，对于国民党左右派已完全认清谁是他们的友，谁是他们的敌；此次地主的反革命恰好与商团事件相对照：江汉英是陈廉伯，江淮英是陈恭受；保卫团是商团；第三师是李福林；蔡县长是帮助反革命的右派。

以上是广宁农潮的一大幕；是地主阶级接着买办阶级而起的反革命。这两件历史的大事变，最足以显明工农阶级自觉的参加国民革命后的影响与特性。

世界资本帝国主义的反动与世界革命潮流的激进，不仅使西方各先进国阶级争斗达到极点，就是在落后的东方如中国亦已达到了这样的程度。难道是谁鼓吹的或谁可设法调和的？只不过是客观上事实上必然不可免的历程罢了。必须理解这个，才能理解广东农民运动之武装的形式；必须理解这个，才能理解工农阶级在国民革命中的地位；亦必须理解这个才能理解中国国民革命运动之特性。

自从国民党改组大会发表其具体的政纲，与工农阶级自觉的参加革命以后，中国国民革命再也不是混沌的了。谁要更忠实于革命，谁便应更求明白帮助工农阶级发展的意义。只有这个是一切国民党分子决定其自己对于左右派之争应取如何态度的最好方法：你们或是站在占全国人口百分之九十以上的真正革命阶级（工农阶级）方面，或是站在占全国人口百分之十以下的反革命阶级（买办阶级和地主）方面。除此以外，没有别的出路。

（载《向导》第 112 期　署名：和森）

五七纪念北京学生奋斗的意义

（一九二五年五月十七日）

此次北京学生围攻安福政府教育总长章行严住宅事件，在中国革命史上有重大的意义：

第一，此次群众的示威举动不仅充实了五七纪念的内容，而且开始履行今年五七的新使命。这新使命是什么？简单的说，是反抗死灰复燃的亲日派军阀势力的复振。此次北京学生群众的举动，不知不觉是这种反抗的发端。所以决不可把此次事件，视为“学生的”事件，因为他含有重大的政治意味，实是全国被压迫民众将自发自动的起而打倒日本势力之象征。

第二，此次北京学生的举动不仅是章行严一人倒行逆施激起来的，乃是安福政府半年来种种卖国媚外和反动激起来的。我们只要回想废除不平等条约和国民会议运动如何被段政府所破坏，金佛案如何解决，舆论如何被摧残，各种集会如何被解散等事实，我们便可了解此次北京学生群众的举动决不是偶然的。

第三，此次北京学生的举动不仅表现日本势力的不巩固，而且表现军阀统治的危机已再不能压伏觉醒的民众。帝国主义与安福政府要强迫民众退回到十四年以前的旧状况下去，所以极力企图巩固军阀统治，取消一切集会结社言论出版自由之可能。因为学生自从五四以来多少成为自觉的政治要素，故安福政府的教育总长章行严便通令禁止学生集会结社之自由。在这种严重的意义之下，自然而然给全国学生以反抗的强烈冲动。北京学生便是这种反抗之先行者。

北京学生的举动一定要影响于各种被压迫的人民。工农对于段政府之反抗自不消说；就是不甚觉醒之妇女，半年以来，亦已充分表示其对段祺瑞从新巩固军阀统治之厌恶。此后各种被迫的人民之不安与反抗，一定要使军阀政府应接不暇、狼狈失措。军士群众之继起，也将是必然而不可免的事情；段政府禁止军人入党的命令已是这种危机之先声。

我们试以北京学生事件和近来种种民众的表示来测验军阀统治的命运，究竟还有好长呢？我敢大声告诉一切被压迫的民众：军阀统治的末日已降临了，革命情形已成熟了。

怎说军阀的末日已降临，革命的情形已成熟？就是因为各种被压迫的民众再也不愿驯伏于军阀的统治之下，军阀的统治方法再也不能驯伏各种民众了。

各种被压迫的民众，你们希望军阀的灭亡更加迅速吗？那末只有你们纷纷起来，使军阀再也不能制驭你们！

（载《向导》第 115 期　署名：和森）

中国共产党史的发展（提纲）
——中国共产党的发展及其使命[1]

（一九二六年）

绪　言

同志们！我现在代表中国代表团向各位致敬意！并接受你们的欢迎。但我应先向同志们道歉的就是这个报告中很少正确的统计的实际材料，而是只凭我记忆所及而作的。

我们到此已三周余了，Биро 早邀我到此与同志们谈一谈，代表团也很愿意早向同志们报告国内的实际情形，不过我们所要知道的，固然是政治经济和国民运动，不仅大家愿意听，我亦愿意报告，但是比此还有更重要的就是这个题目。同志们离国久了，有的

[1] 本文是蔡和森于一九二六年应莫斯科中山大学旅俄支部邀请所做的报告。

几年，有的几个月，在政治经济方面，尚有报纸或党团刊物，知道个大概，但是关于党及党的内部情形，一定很少知道的，最重要的原因有二：第一，党报少按期出版；第二，此地与中国离隔太远。同志们对于党的生活及其争斗的经验想知道而不能知道，故应先做这个报告。

一、报告的意义

大家一定很明白的，大家在此研究俄国革命的经验与俄国共产党的历史，但是同时我们又要知道中国革命及我党要如何发展及其发展的道路如何，故须明白我党的历史。吾党虽只有五年短的历史，而仍在幼稚的时代。可是就在五年中间已能领导中国无产阶级由经济的争斗走到政治的争斗，由日常生活的争斗，又走到一般的争斗了。俄国共产党不过二十余年的历史，西欧工人阶级的政党已有百年或数十年，但在我们五年历史过程中，已超过了他们长期的历史了。故我党虽仍青年，但是已经有了很多的复杂的事实，而值得我们研究了。同志们都是要做一个好党员，忠实的无产阶级的先锋队，所以第一必须明白自己的责任。但如何才能明白呢？那就必须亲切的深刻的知道党的历史了。

同志们一定要问究竟党现在已到了一个什么阶段、发展到一种什么程度呢？以及发展的道路是怎样呢？大家都应想一想！但这不是绝对空想所能答复的，而是必须以历史的方法答复的，故我先报告党的历史。

今日报告的题目为：中国共产党历史的发展。这个题目如详细说来，至少也需要许多的时间，但是今天无长的时间，故只能尽可能的缩短报告的时间。但是虽然如是，而这个报告，也仍须有相当的时间。现在我就开始往下说了。

二、吾党产生的背景及其历史使命

（一）中国共产党产生的背景。我们都是马克思主义者，所以我们绝对不会把一个政党的产生当作是脑筋中幻想出来的或是几个学者塑造出来的。一个政党的发生，必有其阶级的、政治的、经济的背景的。近年来反对中国共产党的人们渐渐注意到中国共产党的行动了，并图谋反共产党的举动了。他们以为中国共产党不过是陈独秀几个野心家的意志所塑造的，或者以为被俄国收买的几个学生所鼓动的，这些军阀的走狗及帝国主义者所造的谣言和污蔑是值得我们注意的，我们每一个同志每一个党员对于党的产生的背景统统是应该有一个正确的观念、深刻的了解的。兹简单的分五项说明之：

1. 中国产业的发展。我们都知道什么是共产党，他是工人阶级的党，他主要组成分子是产业无产阶级。所以在我们一想到共产党产生的时候，就会想到无产阶级有了相当的发展。吾党何以不在一九一四年欧战中产生呢？而要在战后产生呢？原因是在帝国主义战争中，中国土著产业方面有了相当的发展，而且这个发展是战前所没有的。大战以来各殖民地以及半殖民地的土著工业均有相当的发展，我们就单说纺织业及棉纱，在一九一四年以前不过两个工厂而已，据日本人统计报告说，在一九〇三年纺纱厂不过两个，锭子六千五百个，数目是何等小呢？到了一九一六年大战中有四十二个纱厂，锭子数目亦增至十七万以上，到现在一九二五年工厂的数目为八十三个，锭子的数目已增加至二百万个，并且还有一百万个预备开工的，由此可知，大战期中工业发展之速，我们无正确的统计，不能知道，在战前时全国到底有了若干工厂；但据日本人不正确的统计看来，战前工厂总数目为五百五十八个，而战后为一千四百个工厂。至于工人阶级之发展，亦无正确的统计，据日本人推测，战前为八十——一百万左右，战后产业工人之数则为二百——二百五十万左右，工人的数目差不多超过一倍半，至少在一倍以上。这些数目虽不是很正确的，但由此可知工业与无产阶级发展之大概。以前工人数目很少，现在却多起来了，若是与全国人口比较看来，仍是很少的，可是在工人发展史上，这个数目已是很大的了。因为有了新的工人阶级的发展，于是就接着发生第二种的现象，即是有自然的罢工运动。

2. 自然的罢工运动。党的产生背景的第二种现象：自然的罢工运动。中国的罢工运动究竟开始于何时呢？自然□□□□□□□[1]但就记忆知道的，则为辛亥年间湖北曾有次大罢工，结果失败了。至一九一四年安源亦曾有一次大罢工，参加人数在一万以上，但是结果失败了，并且首领亦被枪毙了。在这个时期内罢工运动虽然有了，但多半是失败的，且亦未引起各阶级的注意。至于真正对于政治、经济有影响，并引起社会上出来注意的，则自一九一四年起。香港、广州、上海、湖北自动罢工的很多，有胜利的，亦有失败的。一九二〇年自动的罢工的范围更十分扩大了。据日本的统计：一九二〇——一九二一年罢工共四十七次，参加人数共七万六千人，到一九二一——一九二二年，罢工共三十七次，参加人数共四万四千人，但这些罢工即是自动的、普遍的。而在此自动罢工期中，工人阶级已形成工人初步的组织，一九一九年广东有二十六个工会，到一九二一年香港机器工人罢工胜利之后，使南部工人尤其是广州工人受了很大的刺激，由二十六个工会增加到一百个工会了，但不过是幼稚的职业组合罢了。由以上数目字及事实看来，可见本党未产生以前的工人状况，已由不觉悟到有觉悟，由不行动到了有行动，而且是很激烈、很勇敢的行动了。这个现象就是本党产生背景中主要的现象。

3.“五四”运动与上海的罢工。“五四”运动在中国的革命史上、在政治的意义上是很重大的。反对帝国主义的运动，自有此运动以后，

[1] 原稿此处缺七字。

中国的革命的政治争斗遂开新纪元，故此次运动对于各方面是很有关系的，对于工人阶级的发展，统统是很有关系的。“五四”运动在普通人看来，说是当作学生的爱国运动，而对于去年的中国工人在此运动中所占的地位如何，他是否参加这个运动，是否是觉悟参加的，那就不注意了。“五四”运动为学生的反对帝国主义的运动，但是上海的码头工人和日本纱厂工人是参加了的，他们是做为政治罢工，是正式参加了反帝国主义运动的，不过此时参加因为没有自己的党的领导和指导，所以不像现时“五卅”运动有意义、有力量。工人此次的参加是因一时的爱国热忱而罢工的。他们一方面憎恨压迫侵略；一方面又被学生、政客利用而参加了，是“政客的青洪帮或一小部分工人首领接近而造成的”。故在客观上这个罢工是有意义的；但在主观上是无阶级的意识和政党的指导。可以证明中国工人阶级已走到反帝国主义的政治争斗的路上来了，在中国工人阶级发展史上及对于党的产生是有很重大的意义的。因为工人阶级自动的走到政治的争斗即必须有政党的领导。此吾党产生的第三个现象。

4. 十月革命的影响与先进分子的形成。我们有了以上三个原因，可见此时不但有了二十万以上的产业工人阶级运动的普遍的行动，不但有经济的行动，又有政治的行动了。党的客观背景已有三个原因了，但此三个是否可以产生中国共产党呢？不能的！缺一主观条件。主观条件是什么呢？就是先进分子。同志们已研究过列宁论党，就明白了先进分子与党的产生及其阶级的关系了。故中国工人阶级虽有三个客观条件，但无主观条件，政党不会产生的。我们是马克思主义者，是列宁主义者，不是少数派、经济派或空想派，故坚决地承认要有主观条件。虽有主观条件，若再进一步研究，中国为农业经济社会，半殖民地，何以能产生共产党呢？天上掉下来的吗？不是，这是有其原因的，即十月革命的影响。兹看一看十月革命对于中国知识阶级的影响和他们受帝国主义、资本主义、资产阶级思想的影响是如何的呢？帝国主义以前统治中国，思想界的势力完全为美国的势力，即美国资本主义势力所统治，换言之，民主主义（德莫克拉西主义）、实验主义的势力所统治，此时为民众起来之前履，而代表人物则为胡适之。我们看一看当时的出版物、教科书的内容，学生的倾向，即可知民主主义、实验主义影响之大及对“五四”运动的关系了。“五四”运动虽不是绝对的完全受美国的影响，但成分是很多的。这个影响正有力的时候，全中国人民对美国的幻想都是很大的，是希望美国来帮助中国打倒日本帝国主义的。可是 rtesoailben 和会中威尔逊的十四条完全是一种骗局，于是幻想才渐渐打破了，新的影响亦来了，即是十月革命的影响。但是一九一七年革命的影响何以到这样迟呢？到一九一九一一九二〇年才有呢？因为以前远东为反革命的白党分子所占据，因此把十月革命的影响中断了。但是总是堵不住的，是要到中国的。当十月革命的影响来到中国时，小资产阶级是很害怕的，是受帝国主义者宣传毒害的。但是不久对美国帝国主义以及其他帝国主义的幻想都打破了，于是才由嘲骂、害怕而相信了。初则不接受，现因他各方面之失望而渐接受了。故“五四”运动中即有大批倾向俄国、倾向社会主义的先进分子。形成的理由，固然是受十月革命的影响，但仅有此影响还是不够的，还受有内部的影响才能成的。内部的影响原因是如何的呢？第一，知识阶级目睹中国的状况，觉着他们以前的方法都得不着出路了，尤其是对于以前的政党如进步党、研究系、国民党（以前知识阶级一部分倾向进步党的梁启超，一部分倾向国民党）都失望了。“五四”运动是与国民党无关系的，此时国民党只知养兵护法，令人失望了，进步党亦令人失望了，所以民主主义和实验主义亦令人失望了，结果都找不着出路了。第二，一般学生在“五四”运动中见了学生会的势力，于是又积极做学生会运动，如两湖的学生会，上海、广东及各地的学生会。并且起初的时候，他们都相信学生会的势力是很大的，对民主主义的希望亦很大的，但后来亦无结果，于是才渐渐觉得自己的力量是不够的了。于是便有一部分消极的青年不问政治，而却设法读书去了，另一部分积极分子想找到另一势力别一出路了。尤其是受十月革命影响的学生和知识分子，渐知工人阶级势力比学生力量大了，恰恰此时工人阶级又起来了势力。“五四”运动中，工人阶级力量表现给他们看了，故反映到先进分子方面都迅速地使他们倾向社会主义、共产主义和俄国了。有了以上的条件，知识分子由散漫的抽象的而渐渐办报纸，组织小团体，实行和工人阶级接触而作工人运动了。社会主义的倾向在中国知识分子思想上有地位了。胡适之代表美国思想而提出“研究问题，不谈主义”的口号，对学生界是有影响的，落后的群众是跟着他走的。但是不久，学生青年偏偏不谈问题而谈主义，尤其是《星期评论》、《新青年》，大学青年学生的欢迎表现十分厉害。这也就是因为胡适之完全不明白中国没有马克思主义中国问题是解决不了的。这就是中国先进分子形成之方式了。

5. 党的形成及其初步的工作。我们要看先进分子之形成，第一要谈青年社。每个同志都知道《新青年》主笔仲甫同志，但是这个刊物开始时的两个口号则为：民主和科学。而这两个口号又完全是代表美国的精神，故《新青年》以前也是美国思想宣传机关，但是到了仲甫同志倾向社会主义以后，就由美国思想变为俄国的思想了，宣传社会主义了。不过在过渡期间的文章，社会革命的思想是有了，杜威派的实验主义亦是有的。一直到一九二一年“五一”劳动节特刊问题才完全把美国思想赶跑了（即新青年起分化，胡适之退出），新青年社变为“五四”运动中的先进分子的团结机关了。星期评论社，此社为戴季陶、沈玄庐、李汉俊所组织，他们以前都是我们的同志，但现在完全反对我们而成为国民党右派的首领或反革命派了。应工人阶级之兴起，社会主义思想传来，戴等受此影响而宣传社会主义，办了《星期评论》刊，在当时很受全国学生的欢迎，并结合了一部分先进分子，如李汉俊、沈玄庐、沈仲九（以前亦为我们的同志，但不久退出了）、施存统、吴明等。当时主要的为这两个组织，但后来即渐渐影响到一些小组织，如：

（1）少年中国学会，是一混合的组织（世炎、仁静、中夏等都在内），现在已起分化了，一部分有社会主义倾向，接近或走入《新青年》社或《星期评论》社方面来了。

（2）新民学会，一部分中等学生所组织，李启汉同志很努力宣传学生的结果。他们第一注重新青年，并努力社会运动，此会二三十人。

（3）天津觉悟社（如马骏、于方舟），受社会主义的影响而组织的这个觉悟社。

（4）新生社，新国魂的一部分先进分子均加入吾党了，如韩麟符、于方舟等。

（5）共存社，为代英同志所组织，团结了湖北、四川数十青年，现大部分加入了我们的团体了。

（6）留法一部分积极分子到法国三圣门组织工学业社及和森在蒙达尼组织工学世界社，这些虽不都是纯粹共产主义组织，但都是一步一步的倾向马克思主义的，此时尚无全国组织，但已在萌芽时代了。他们作些什么工作呢？他们对于宣传工作都很努力：

第一，继《新青年》、《星期评论》外，在上海、广东、北京又有劳动刊物，北京的《劳动音》、广州的《劳动者》、上海的《劳动界》，都是一九二〇年。中国第一个"五一"节宣传很大，《新青年》发行数目字达一万份，所以当时影响是很大的，并且已普遍全国了。其他先进分子所发行的刊物亦很多。

第二，实际组织工作，不但宣传了，又进一步与工人接近了。第一步是北京数同志如张国焘、罗章龙到长辛店组织工人补习学校，开始实际工作，并找工人的先进分子加以马克思主义的教育（这个学校是十分可以纪念的，在吾党历史上，在劳动运动史上都有很重要的意义的）。第二步陈独秀同志由北京到上海在小沙渡设立一个工人补习学校，宣传形式与长辛店大概相同，这就是吾党职工运动的开始——组织俱乐部。国焘同志之到长辛店非个人行动，在当时是有计划的。仲甫同志到上海亦然。仲甫到申，原不一定到小沙渡，及至他看见了小沙渡及码头工人之罢工，已形成了工人的组织，如工业协会、中华总工会，所以就注意去调查他们的内容。可是这两个组织到底如何呢？中华总工会为国民党右派陈××的骗局机关，工业协会虽有五千——一万人，但为大政客黄个民拉拢之工头以及其他活动的学生所鼓动，故日本纱厂工人与码头工人于六月三日罢工一次，情形亦尚好，并开过会，及到仲甫到时在茶馆集会也只有百余人到会了。故到小沙渡办学校。究竟吾党何时成立呢？何时发起组织呢？仲甫到沪一九二〇年“五一”节后，即邀李汉俊、沈玄庐、沈仲九、施存统及一女人来发起组成，不久戴季陶、沈仲九退出了，于是于一九二〇年就正式成立了，总的说，吾党是一个什么产物呢？这小孩为什么会产生的呢？这个青年的中国共产党就是十月革命与中国工人阶级发展的一个产物。

（二）中国共产党的历史——政治的责任。同志们我继续上次报告，上次的问题是中国共产党产生的背景及其历史的使命。这次报告共分做两段，第一他的产生背景与条件；第二他的政治责任。上次已把第一段报告完了，兹报告第二段中国共产党的政治责任，但未报告这段以前即先将中国的政治环境和阶级的势力分析一下：

1. 中国政治的环境。每个政党必有政治的责任，如世界的共产党的责任为推翻世界资本主义社会，建立新的共产主义社会，无论中、法、英、印的共产党都是一样的，共同的。但各个政治环境是不同的，如欧美资本主义的国家均已经过长期资本主义的发展，德莫克拉西的革命，在政治上经济上都是独立的而且成为资产阶级统治的国家，故在这些国家中的共产党即要领导工人阶级直接推翻资产阶级，建立无产阶级专政，而达到共产主义社会。但东方各国就不同了，这些国家仍停留在农业经济里面，而受帝国主义的侵略，旧的生产已经崩坏，政治独立日渐丧失，而完全附属帝国主义，土著资本主义不能发展而变帝国主义的市场或采取原料的场所，但多半未经德莫克拉西的革命，新的军队或无产阶级尚未十分壮大，而旧的小手工业和农民又逐渐流为土匪了。由此可知中国共产党的政治责任是什么了。中国共产党的政治环境是资产阶级德莫克拉西尚未成功，而是半殖民地和半封建的中国，共产党不仅负有解放无产阶级的责任，并且负有民族革命的责任。

2. 各阶级力量的分析。要明白中国共产党的责任，不仅明白其政治的环境还须知道各阶级的力量如何、关系如何，如此才能得到明确的观念。半封建半殖民地的国家的各阶级，在旧的社会中旧的统治阶级为地主与封建阶级，而农民则为被统治阶级。但在帝国主义侵入后，则旧阶级之上产生了新阶级，而新阶级之第一即为买办阶级，大都是在沿海商埠，对外贸易发达，故产生买办阶级，而为中国资产阶级的萌芽，由买办阶级渐渐形成商业资产阶级，到了最近产生工业资产阶级。这可说是帝国主义侵入中国后，中国发展资产阶级的三个阶段。帝国主义未侵入前是没有这阶级的，而现已成为中国经济一部的主人翁了。在另一方面，因为中国土著资产阶级的发展，尤其帝国主义在华开设工厂，故中国无产阶级亦产生了。帝国主义侵入后，中国阶级的变化是旧的阶级而外产生了资产阶级。资产阶级与无产阶级是变化而来的，而且对于政治上的影响是很大的。无新的阶级之发生，则中国政治的变化仍不过是中国过去历史上政治变动而已。因政治的动力不同了，旧的统治的阶级于帝国主义侵入后而渐成为革命的阶级了，经济破产，统治地位摇动了。

3. 帝国主义侵入中国后，中国旧的统治阶级的统治状况及一般的革命运动：

（1）旧的统治阶级的统治状况，鸦片战争以前，满清政府的信用权力是很大的，但自帝国主义侵入中国后、鸦片战争以后，尤其是甲午之战以后，则旧的统治阶级的政治信用已衰落无余了。在以前代表农民的小资产阶级的士大夫对清廷是何等的歌功颂德，以前的小手工业者及农民对统治阶级——自皇帝至秀才——的信用是何等的尊崇信服。秀才何以有如此的势力？因其可以步步高升而成为当权的人，亦就是统治阶级在野的代理人了。封建阶级统治的方法是何等的万能呢！——圣谕圣旨。可是到了鸦片战争后的时代大不相同了，因信用完全丧失了。但是何以如此呢？

①自鸦片输入中国后，中国现银日渐减少，而中国感受现银之缺乏；

②因为鸦片战争以后，人民赋税增加了——帝国主义侵入后既渐渐破产而赋税则反而加重，故对清廷反感怀恨日重；

③自鸦片战争以后，清廷贿赂公行。以前官吏之所以有信用并被人民认为是清官，即因其且有封建社会经济条件，所反映的道德观念，如不受贿、矩规严等，如今广东的官吏无不纳贿，以包庇私售鸦片。由于子手以至清廷大臣无不纳贿，于是官规变为奸规了，故人民对之鄙之、恨之，而清廷之信用以堕。另一方面，在政治的威权又如何呢？中国每一朝代的兴盛除对于农民必须先做些改良事业外，尚须在外交上得到胜利，以开拓版图或使其他民族朝贡称臣而附属于中国，如此方可以得到人民之称颂。即以清廷而论，在清初时亦曾在外交上得到相当的胜利，如尼布楚条约就是一个例子。

自从鸦片战争以后，清廷的外交无处不在失败，丧权割地几于无地无之，故使中国人民对清廷认为是一卖国政府，不能保国卫民的政府，故反对清廷的思想很大。总而言之，帝国主义侵入中国后，旧的统治阶级的政治威权日渐丧失了，农民经济逐渐破产了，故这两个阶级的激烈争斗遂起。

（2）旧阶段中之一般的革命运动：

①太平之役——这运动起于南京条约以后约十年，洪秀全就是太平军的一个首领。此次运动完全是破产的农民的革命运动，但此运动是失败了，因为帝国主义者是站在清廷方面的。

②义和团之役——此役之背景是农民的破产和旧统治阶级的压迫而起来的，但此运动被旧统治阶级利用了，故亦归失败。这个运动之失败完全证明了农民虽是革命的动力，但在帝国主义未侵入中国以前是可以成功的，但自帝国主义侵入中国以后，则已不可能了，自己不能够领导革命成功了。新起的力量又如何呢？最近几十年中，第一，

幼稚的资产阶级，在太平天国时有很少的买办阶级——在中国的买办阶级在广东的比较多，即所谓十三行，其次就是上海——于太平军进攻上海时（广东的买办阶级此时尚看不出他们的态度），他们向外国领事要求保护，并且他们向外国领事要求把上海划为中立地域。由此可知买办阶级不仅现在是反革命的，而在数十年前他们初生的时候已是反革命的了。在义和团之役，全国买办阶级是反革命的，现在虽无很多材料可证，但就资产阶级对义和团之批评论调看来，已可见他们不但不表同情于是役，且完全站在帝国主义一边，与之取同一的批评意见。第二，无产阶级如何呢？当太平之役时，中国真正的无产阶级可以说是未产生的（由于当时尚无很多工厂），但他的前辈父兄都是太平之役的主人翁了——破产的农民和小手工业者。义和团之役我们可以看出他的成分，不仅是破产的农民，而且小手工业者俱占极重要的位置，但因无真正的无产阶级的参加，故此运动因无真正的领导，终于失败了。由上两役可以看出各阶级的关系。

第一，买办阶级是反动的。

第二，农民虽有自动的起来，但缺领导的势力，故结果失败了。

③辛亥革命中新旧各阶级的表现，辛亥革命之役推翻的为满清的封建阶级，而革命阶级则为农民、资产阶级和无产阶级，但谁是领导者呢？代表小资产阶级的政党，就是国民党，这次革命是资产阶级性的，资产阶级是参加了的，如华侨的捐款助国民党，铁路风潮涌起，粤汉铁路、沪杭路等的风潮，收回国权的运动，都是表示资产阶级在客观上是倾向革命的，但无他们的政党领导此革命。当时唯有梁启超进步党等，但不领导此革命，故领导此革命的为国民党。而国民党的政纲是有许多缺点的，仅仅做点军事的运动，没有做大量宣传政治运动，采用军事策略，并没有推动资产阶级，仅让农民群众到革命路线上，故在客观上各阶级都有走上革命路线之可能。而在事实上到武昌一役，只能成功上层革命。军事革命与民众遂没有发生什么关系，民众并不知道此次革命。因此国民党趋于妥协而将政权遂让于封建余

孽——北洋军阀之手。而民众认为国民党为破坏党，而反去相信袁氏，帝国主义以及进步党在民众中反对国民党而赞成封建余孽，亦是有很大作用的。故此革命失败了，此次革命失败证明：

第一，资产阶级力量很小，虽在客观上参加了革命，但不能领导这革命。

第二，此次革命在客观上农民应是很大的势力，只是没有首领，国民党亦没有抓住他们，推动他们。

第三，无产阶级虽参加了，但不是自觉的指导者。

第四，领导革命为代表小资产阶级的国民党，但国民党没有认清他的群众和敌人，即不明此次革命的性质，对帝国主义的态度太温和了。不知如何去取得群众，所以说小资产阶级是不能领导革命的。故我们的结论是：辛亥革命也是因为缺乏领导阶级，故失败了。由中国的政治经济看来，中国共产党的政治责任是在做资产阶级的德莫克拉西革命，彻底成功直到完成无产阶级的革命。从各阶级的势力分析来看，中国革命之所以尚未成功，即在缺乏领导阶级，亦即是缺乏有很好组织、很好政策的阶级势力，而只有无产阶级可领导这革命。前二役是无组织的，辛亥革命虽稍有组织，但仍是无力，故革命延长下去了。以上中国革命为旧的阶段。

（3）新阶段的革命运动：在辛亥革命后，民国二年独立运动失败之后，中国革命运动是否停止了呢？没有！不仅没有终止，反在经过八年之后，中国革命运动更发展一新的阶段了。何以谓新的阶段呢？举例来说在一九一九年新发生了“五四”运动，他的意义呢？至少有三个：第一，他是群众的反帝国主义运动；第二，他是由倾向于美国而转倾向于俄国的；第三，脱离了国民党。他是一新的表现。群众反帝国主义运动，并不是始于“五四”，在鸦片战争以前即有了（如广东的平英团）。义和团亦是一群众反帝国主义运动，但与“五四”是不相同的。前两次为广大的破产农民运动，而知识阶级是落后的。可是“五四”运动则为学生运动，而是代表农民、小资产阶级和新兴资产阶级的。故“五四”运动不仅得到一般民众的同情，即大资产阶级、纱厂资本家聂云台，南洋大烟草公司经理简照南亦表同情，因为这个运动对资产阶级是有利益的。他们“大资产阶级”不仅赞成，还在事后给以物质的帮助，如简照南之派送“五四”运动之活动学生赴美留学。此次运动的方法与以前亦已不相同了，以前为迷信式的、原始式的，现已开始采用宣传煽动组织群众的方法，以便各阶级反帝国主义了。“五四”运动的开始是倾向于美国的，但结果倾向于俄国了。“五四”运动的背后指挥力量，如北京美国公使以及各地的美国牧师，故此次运动的方式是美国式的，含有日、美冲突的缩影的。当时思想上、精神上的趋向亦为美国式的，如同 Democratism 民主主义与科学，实验主义。但是结果如何呢？威尔逊的十四条到凡尔塞和会而破产了。中国民众所希望要求的是美国帮助中国人取消二十一条与退还山东的主权，但结果在和会中帝国主义者反相互承认日本在华所得的利益是合法的，于是美国的幻术破了，中国数百万的学生，活动的知识分子无出路了。另一方面又看见俄国十月革命，一面推倒了沙皇专制，一面推翻了帝国主义干涉，建立了工人国家，以前认为是洪水猛兽的，现在转而倾向俄国了。故知识阶级中起了一个分化，已有一部分倾向俄国、倾向社会主义了。“五四”运动的产生是无政党的指导，国民党站在以外不闻不问，而真正的指导人则为美国公使和牧师、留学生以及受美国思想毒害的知识阶级分子。北京、上海学生虽然派代表见过国民党，而孙中山竟以无力为由拒绝参加。于是他们又找孙洪伊（即小孙，此时他们退出进步党而加入国民党），结果这个革命的高潮竟脱离了过去指导过革命的政党，这是何等的有意义啊！这个趋势很可以证明国民党又不能领导革命了，客观的革命势力发展已超过他的主观力量了，并超过其注意力了。中山此时注意的仅为护法，是使革命运动愈走愈狭隘，而只注意军事及广东了，对宣传组织民众往往是不注意的。一个革命的政党在革命的高潮中完全不能领导，可见他快要死亡了，故此次运动中的一般新领袖对于国民党均不满意，而有利于新的政党的产生，中国革命需要组织各派力量以反对帝国主义而引导革命的党了。

（三）中国共产党的历史使命

1. 国民党与俄国社会革命党的比较。这新党是什么呢？这就是我们的共产党。国民党与俄国社会革命党相比，在马克思主义未输入、工人阶级未发生以前，指导俄国革命的为民粹派，但到了十九世纪末期民粹派指导革命的方法就不行了，即采用的为恐怖手段，其团结的势力为个人主义的英雄（知识阶级），而不相信群众，所以在客观上已要求有新党用新方法（科学方法）以团结各种群众力量了，即是俄国共产党（社会民主工党）因此而产生了。换言之，就是要求无产阶级的政党以指导革命。中国在“五四”时亦然，国民党老了，快要死了，其方法、政纲与社会革命党差不多。而中山三民主义的内容为平均地权、节制资本，亦与社会革命党的相同。在客观上已需要无产阶级的政党来指导革命。当马克思主义开始输入俄国时，马克思主义与民粹派关于俄国是否要经过资本主义的过程的问题曾有很激烈的争辩，民粹派以为俄国已经很适合于实行俄国式的共产主义社会了——小资产阶级之理想。而马克思主义派则坚决的反对这种错误思想。中山亦是害怕资本主义的发展，所以想用平均地权的方法而阻止之，但这也是完全的空想。这两个口号——平均地权、节制资本完全是小资产阶级的政党首领拉拢工农手段，而在事实上完全是不可能的。这两个政党所采取的方法如何呢？俄国社会革命党为恐怖手段，而国民党亦然，中山虽已看清民众，而主张利用会党、土匪军队，但同时亦主张暗杀，对农民工人参加革命的力量以前是看不清的。汪精卫就是一个恐怖者，张继时对中国问题亦主张青年去实行暗杀，对工农力量是丝毫不相信的。他们只知黄花冈之役，只称赞温生才一个刺客的行动（诚然他们有可以称颂的地方，但这种手段方法是不行的），而不知有群众。我们现在奸滑的敌人——帝国主义者与军阀，压迫的方法手段一天天的进步，我们如何能用旧的方法以应付他们呢？迫切要求有一明白历史的发展客观的环境和今后的倾向的党了——即中国共产党。

2. 中国共产党的历史使命。欲明白中国共产党的政治责任，不仅要明白八十余年前的客观环境各阶级势力的关系，并应明白“五四”以后的倾向——新的力量都起来了，如罢课运动、自治运动，湖南驱张（敬尧）、安徽驱马运动，各地农民的暴动，反对苛税以及小官僚部员的索薪运动，不仅和平要求，而且竟然罢工。简言之，这些群众的力量都革命化了。军队如何呢？差不多此时亦常常的发生兵变，而因生活困难都革命化了。土匪是无处不起事。连落后的女学生也参加运动了。不仅是大产业工人罢工，而小手工业者都起来了，这是些什么现象？这都是证明反对帝国主义、反对军阀的各种势力都革命化了，要求革命的政党的指导了。我们由此事实，由中国革命历史上的分析，客观主观都要求一强固的阶级做中国革命领导的势力，尤其是在“五四”以后，证明过去指导革命的党是不行了，要求有新的政党、新的方法来团结组织各种各派反帝国主义、反军阀的群众，以使中国革命运动进行到底，并领导无产阶级得到解放，这即是中国共产党在历史上所应担负的使命，所应有的政治的责任。把上面所说的话总结可以得到下列的结论：

第一，资产阶级力量薄弱，只参加了革命，但不能指导革命；

第二，小资产阶级虽参加了革命，但领导的方法、策略是不对的，不知抓住群众，证明小资产阶级不能领导这个革命；

第三，农民未有起来；

第四，无产阶级尚未有占在领导地位，无产阶级应是各种势力之组织者、领导者，他应该领导中国革命到底，并去完成中国无产阶级解放的事业。

（四）党的政治生活与劳动运动之进展

1. 工作方面，整个的报告大致是偏重政治方面的，因为劳动运动李立三已报告过了。但是政治方面是不能离开经济事业的，故非说一说职工运动不可；

党的初期工作，因为党成立至二次大会时间约一年多，在此时间中无产阶级政党的责任是非常复杂的，同志们容易发生误会，以为无产阶级政党只应做无产阶级事情，其实这是不对的，是错误的。如果我们不想真正领导无产阶级得到解放，当然我们的工作是可以简单的，如其他各国社会党一样，只做经济改良争斗就够了（资产阶级的第三党），因为他们代表资产阶级利益而做工人运动，使无产阶级不推翻资本制度、不去取得解放。所以我们要看中国共产党是不是真正代表工人阶级的利益，是不是领导工人阶级到解放之路，就要看我们的工作范围如何。中国共产党不仅领导无产阶级组成工会作经济争斗，并且要组织小资产阶级、农民、小商人而领导他们革命。中国共产党开始的工作范围就是无限的，不仅领导工人运动，而且领导学生以及其他被压迫的民族革命的争斗，这是非常对的。因为无产阶级的真正解放是应该夺取政权、建设无产阶级专政的国家、建设共产主义社会，方能够实现的；若仅仅要求改良待遇，则奴隶地位永久是一样的。如欧美的贵族工人虽生活较好，但仍是帝国主义的奴隶，而且工人一时罢工所得的胜利，只保障资产阶级对于无产阶级不断的进攻。故无产阶级之解放则即是革命，但如何革命？革命靠本身的力量，但这是不够的，因为除本身力量而外，必须准备一统治的势力，而且要想革命仅仅靠无产阶级派作战是不可能的，因为我们的敌人（资产阶级）之压迫，我们不仅是本身而且常常要抓住利用其他势力，如国家机关、社会阶级的势力。如：第一，农民，资产阶级的革命如无农民的参加是不会成功的。资产阶级压迫无产阶级，如无农民的同盟亦是不会成功的；第二，知识阶级；第三，小资产阶级小商人等；我们的敌人（资产阶级）的数目是很少的（全人口比较起来），但何以能统治大多数无产阶级呢？即是他能得到各种势力而可以维持。我们无产阶级唯有组织势力，由资产阶级底下把农民拉过来，方能推倒资产阶级建设共产主义而成为统治的势力。欧美各国工人运动的失败，即在没有抓住他的同盟军。“二七”失败亦然。“五卅”运动先所以胜利，即在各势力是集中在我们影响之下的，故中国共产党的工作范围是很复杂的（不过不是以量取胜）。兹先以初步工作述之于下：第一，成立劳动组合书记部；第二，成立青年团；第三，上海机器工会；第四，开始反对基督教运动；第五，发行《共产党》月刊、《工人周刊》等刊物；第六，人民出版社；第七，第一次全国劳动大会；第八，各地工作。

现分述之如下：

（1）劳动组合书记部，指挥全国劳动运动，总部设在上海，湖南、广东、湖北其他地方均有支部。自成立后，即发行《工人周刊》，在北京、上海、广东各地均有很大的影响，并实际指挥全国劳动运动，而为一中心机关，为我党职工运动中心机关，故此组织在中国共产党历史上、在中国职工运动历史上都算最有力量、最有意义的组织，尤其是对中国职工运动发展的前途上有很大的关系。国民党在辛亥革命曾在长辛店、唐山各处组织工会，但工人完全是被他们利用了，他们亦没有教育训练工人阶级使其觉悟。广东工人尤其是海员工人，虽亦曾跟着中山跑过，但为中山所利用，而中山并没有给他们实际的利益，他们也没有阶级的觉悟，无政府党在广东亦曾组织工会，但他不仅没有使工人阶级觉悟，而且反对阶级争斗，他们不愿灌输工人以革命的理论，反提倡互助主义、克鲁泡特金主义，故劳动组合书记部是有很大的意义的。

（2）党的第一次大会后不久，上海、广东、湖南、湖北等地都成立了青年团，而成为本党青年运动的机关，亦在革命的学生群众中积极工作了。

（3）机器工会，当时在上海是有相当的影响的，但现在已不存在了。

（4）反基督教运动的开始，S.Y. 出版反基督教的刊物很多，并在上海、北京、广东各地开反基督教大会，这时基督教正在北京清华大学开大会，S.Y. 的机关报《先驱》出反基督教的特刊。反基督教的小册子，当时发行亦很多。

（5）党的出版物，除《新青年》外，还有《共产党》月刊及《工人周刊》等，销数很广，宣传亦很有力量。

（6）人民出版社，设在广东为我党言论机关，出版了很多书籍，对思想上有很大的影响。

（7）第一次全国劳动大会，我党根据全国劳动运动情势而开第一次劳动大会，由劳动组合书记部召集，计有代表六十人，二百个工会代表三十万有组织的工人，议决政治的要求十七条。大会为全国工人阶级的组织形成的第一步，大会并委托劳动组合书记部为全国通讯机关。在此大会后作了不少的全国宣传和提出工人阶级的具体要求。吾党经验少、能力薄弱而作的工作这样多，是不是应该的呢？是应该的，如不这样即非真正的中国共产党了。此外在本时期中还领导了思想、文化的争斗，新思想在全国的影响是很大的，并使中国知识阶级起了一大分化。由它的工作看来完全证明中国共产党是代表无产阶级的利益和奋斗的党了。

2. 精神方面：

（1）思想理论方面。党在初期形成时其内部生活如何呢？状况如何呢？发生了一些什么现象呢？理论是否统一的呢？政治观点是否正确的呢？对主义的了解是不是深刻的呢？真正的革命党，如无革命的理论是不行的，故一个革命党不仅要有好的组织、好的政策，尤其要有革命的理论来把思想统一，然后才能领导革命到正确之路。但党的理论非从天上掉下来的、一短时期可以形成的。马克思主义列宁主义在世界各国共产党是一致的，但当应用到各国去，应用到实际上去才行的。要在自己的争斗中把列宁主义形成自己的理论武器，即以马克思主义列宁主义的精神来定出适合客观情形的策略和组织才行。中国共产党思想的形成与俄国社会民主工党一样，是要经过很长期的奋斗才能形成的。列宁主义的形成就是由于同投机主义、改良主义争斗中得来的，开始与修正派（伯恩斯坦），以后与俄国经济派、少数派、第二国际的投机派、考斯基派做政治的争斗，故形成了列宁主义。所以党的开始成立时，其思想趋向是不会一致的。故中国共产党此时虽已发起组织了，而我说它的内部思想趋向统一，是不对的，也是不可能的。俄国社会民主工党开始形成时，其内部精神状况如何呢？内部思想和趋向是不是一致的，如合法马克思主义派、经济派，对于政治的争斗是离开了的，以为无产阶级的政党目前的责任，即在领导无产阶级改善生活，至于对于推翻俄皇的革命，则以为是资产阶级的革命，应该由自由派去担负的，而与无产阶级无相关的，故他的口号是“给经济争斗的本身以政治性质”。换言之，即代表无产阶级的党可以向资本家请愿，改良工人生活和待遇，可以向政府提议劳动立法、工人保险等，而做些议会运动，口号好似很左，“工人只作工人本身事情”。其实是大错而特错的。同时他们这些投机改良的人们限制党的工作范围，他们说工人阶级的党只应作工人阶级本身的工作。因此，他们对于革命集中的政党组织也是很反对的。他们以为党与工会是没有什么区别的，党尤其是不应该由革命的职业家所组成，以为党内应该是一些合法的马克思主义者出来宣传煽动、出版报纸，以使工人很狭隘的作经济争斗、作局部争斗。而列宁主义者首先就反对经济派主张的观点，以为他们是英国劳动组合的政治观点，而不是革命的马克思主义的观点。换言之，即非俄国当时社会民主工党的观点。由以上看来党的革命理论是要经过长期间的各种争斗才能形成的。

（2）党的内部精神状况。我党初形成时，内部有些什么倾向呢？团结一些什么分子呢？我们知道党开始形成时，分子当然不完全是无产阶级的先进分子，同质的先进分子，纯粹的为无产阶级的利益而奋斗。政党能够成为同质的先进分子，非有长时期的争斗以训练不可。马克思、恩格斯在初期组织第一国际时候是否只能团结了一些纯粹的马克思主义派和新社会主义派呢？从开始是团结了蒲鲁东派、巴枯宁派、无政府主义派。在德国开始形成社会民主党的，不是纯粹的马克思主义派，同时尚有勒塞列派的。故一政党在开始时不会就团结了一些同质的先进分了。其他如法国社会党开始是五派组成的；俄国社会民主工党在一八九八年形成时亦非马克思一派所组成的，而有合法的马克思派（经济派）之存在，后来经济派以及少数派都渐渐走到反革命，走到资产阶级方面去了。这样看来政党的形成，即须要做政治争斗的，而在开始时须找政治的同盟者。我们可以说马克思组织第一国际时，无政府主义派即为同盟军，而德国之勒塞列派、俄国之经济派都为真正马克思派的同盟者，不过都是暂时的罢了。

中国共产党刚成立的时候，谁是他们的同盟者呢？有两派人是他的“暂时的”同盟者。

第一，无政府主义派。当时无政府主义者与我们同盟的如何呢？我党开始形成时，去那里找许多真正马克思主义者呢？真正能够站在无产阶级利益上的人呢？且在马克思主义输入中国以前，无政府主义派在中国已有相当的宣传（在广东及各地都有组织且发行了许多小册子），并且在知识阶级中已有相当的影响了。当时曾有一部分激进分子相信了无政府主义。因此我们开始工作时，在上海、广东、北京均有与无政府主义者合作。我们开始工作时，在上海、广东、北京不与无政府主义者合作是不行的，故在上海仲甫同志发起组织党时，连沈仲九（沈玄庐、李汉俊等的朋友与“五四”运动颇有关系）也拉进来，并且在当初有相当的作用和益处。马克思主义者在上海仍占多数；在北京开始组织党部时有五个人是无政府主义者，如黄凌霜等五人，而我们的同志则有李守常、罗章龙、张国焘三人；在广东的党部又为无政府党人占多数，尤其是青年团大部分为无政府主义者。他们想把共产党无政府主义化，并在共产党的机关组织他们的党团；在北京他们霸占宣传机关，叫守常做庶务，国焘去跑路。故在北京、广东组织上往往发生冲突，开会时他们总是暗自先开个会讨论问题，不是从共产主义 ABC 起，而是从无政府主义与共产主义的区别讨论起，阶级争斗对不对？集权制对不对？无产阶级专政应不应该？故党内此时即无一致的思想，且简直闹得不成样子。在上海无政府主义者的势力较弱，在吾党成立不久，沈仲九即以主义根本不同，不能合作，而不争斗的消极退出去了。在广东、北京每一次开会均有争论，并且有时甚至动武，组织上表现得十分冲突。但在北京我们同志既占少数，所以守常很为踌躇，而国焘则主张与之决裂，后来结果把他们赶出去了。广东S.Y. 有二三百人，但完全在无政府党人的手中，故我们将他们解散了，而从此由我们组织 S.Y.。广东无政府主义的首领区声白，比较是进步一点的，在理论上后来对我们让步，承认阶级争斗，而始终不承认无产阶级专政，故结果亦退出了。此种争斗经过了相当的期间，在形式上是决裂了，其实一直到现在仍然还是在争斗的，尤其是在湖南和广东的理发工会，都是受了无政府主义的影响的（无政府主义输入城市的结果）。不过现在他无统一的组织和宣传物了（工人中组织很小的一部分斗争）。无政府主义党对我们直到现在还是仇视的。并且有无数个无政府主义者，成为我们的同志了，或者抛弃无政府主义了。至于他们的首领如区声白让步了，黄凌霜（现在美国）到俄国给仲甫信，承认无产阶级专政了。由这点看来，开始时是与他们合作了。这一短时期的合作有什么意义呢？这意义实在是很大的，无政府主义是小资产阶级的思想，但是急进分子是容易相信的，所以我们与之合作，并经过一时期的辩论后，他们这些先进分子都被马克思主义化了，而成为我们的同志了。

第二，李汉俊和戴季陶主义。当初才开始宣传马克思主义，我们以为他们是马克思主义派，但是不是真正马克思主义派，而是中国的合法的马克思主义派，中国的经济派、少数派。我们对于他们的争斗虽然没有很长的时间，他们的理论虽然没有怎样的有系统，但实际上是合法马克思主义派、经济派的背景。戴季陶宣传马克思主义，在他办《星期评论》时，其研究宣传的题目如何呢？他一面介绍了许多马克思主义的著作，一面也读过了许多马克思主义的书籍，可是他对马克思主义真正的了解，对阶级争斗与无产阶级专政，终是学生的态度与怀疑的。我曾记得有一篇论文，最后的言论对无产阶级专政是怀疑的。他们以马克思主义来反对旧礼教、旧制度、旧思想，作为攻击旧文化和提倡新文化的工具，是有相当意义的。他们对无产阶级专政和阶级争斗的观点是怀疑的。李汉俊对于马克思《资本论》研究的程度似乎高一些，他的著作多些。戴季陶对于经济学的了解是不很好的，多少是跟中山跑的，有许多是资产阶级思想观点。在党初形成时期中，李、戴有些什么不同的意见呢？党内大的倾向的不同，不是开始就有很大的倾向，而是由小的不清楚、不明显的渐渐的扩大了的。李汉俊在党内第一注意是宣传，尤其是学生中的宣传，当初我们认为也是错的。“五四”后学生起来革命化了，是需要新思想的，戴季陶、陈仲甫都是很重视的，但后来就不同了，李汉俊渐渐开始主张专门办学校，看书籍了。起初虽亦有相当的理，但他这种“专门”是错的倾向，他主张我党团结、组织先进分子（当然是知识阶级）是应该的，但当成“专门”就错了。他所以接着反对做劳动运动，而渐渐形成政治上的逻辑了。他认为我们应办学校，看书籍，宣传学生，而不应作组织工作。劳动组合书记部、工人俱乐部在汉俊看来都是多事了。他认为我们应当先组织学生，其次在政治上取得势力，然后组织工人就很容易了，所以我们归纳他的政治主张则有以下几点：第一，专门宣传学生；第二，反对作劳动运动；第三，认为学生是党的基本势力；第四，反对政治运动和宣传；第五，反对有政治机关报；第六，反对中央集权制；第七，怕工人入党；第八，反对加入国民党；第九，反对领薪水。

兹再解释之，因为他们政治观点错了，所以他主张先组织学生，反对团体的组织，他以为我们的势力很小，是不应该就作政治宣传的，这些政治工作让其他党去作好了。汉俊、望道都反对党的宣传和传单，他们是对于这种工作很害怕的、不高兴的，而且认为能够损害他们地位的。所以他们说我党势力小，如被捕就完了。并且他们以为宣传政治是很可笑的，因此他们只注意本身。他们对政治机关报是很漠视的，而他们对组织根本反对集权，他们以为我们第一，只作些文章去宣传学生，何必要中央集权呢？第二，他们是由旧观点出发，以为中央集权可流于个人专制，可以使一二野心家利用作恶的。因此他们对列宁在俄国的行动也是很怀疑的。其实他们似是受了资产阶级的影响，他们有天然无政府的倾向，且在主要观点上亦有无政府主义的倾向。存统过去赞成汉俊，就是根据他天然无政府主义和主要观点上的无政府主义。汉俊第三反对铁的纪律，以为这就是专政。在第二次党的大会时，这些意见大部分是汉俊的，望道、存统只赞成一部分。这是一九二二年七月第二次大会时，汉俊写一意见书，说明他对于马克思主义的见解，并说：我并非根本反对劳动运动，而是因种种缓急而主张先作学生运动。他反对加入国民党，是以为我们这样幼稚的组织而与别党合作完全是空话。对党的组织，他主张采用苏维埃联邦宪法为原则，合乎无政府主义的倾向，因中国经济不发达、交通不便利，故中国共产党无集权制的必要，且目前亦无集中组织之必要。例如，中国过去都是专制的，如中国共产党新中央集权制必流于覆辙。即要设中央也不要三五委员，只有一人坐在中央。各地方政策不宜相同而应由各地方自己去决定，中央大会是不能定的，反对有一致。这意见书到后（他自己并没有来，这一本意见书是托振法同志从河南带至大会），仲甫同志当时曾致电叫他，但他始终没有到会。由此可见，他已形成一致的思想了。他对党的工作限制，对一般的观点都错了，自成为汉俊主义了。他的主张是有他的背景的。而戴季陶在党内没有很长的时期（加入党不久就退出了），他退出的理由，是因为对不起中山（他以为对中山的关系太深），从道德、心理都过不去，所以他不是因为不相信马克思主义，为避免国民党攻击起见，只站在党外帮忙来合作，他在党内至第二次大会时已不来了。好象有许多事实不可说。其实他在未入党以前已有合法马克思主义的表现了，而且退出的原因，是因为同孙中山的关系太深，同时他平时的主张又是反对阶级争斗的，而主张阶级合作的。他的具体主张是反对阶级争斗的，是根据民主主义来的，他以为如果搞阶级争斗是妨碍国民革命的，是会把国民革命阵线冲破的，因此他们反对中国共产党加入国民党，以为两党信仰既不相同（中国共产党信仰阶级争斗，而国民党则信仰三民主义），中国共产党加入国民党如信仰共产主义对国民革命是有妨害的，如信仰民主主义则为中国共产党的叛徒。但这不过是表面上的，而在实际上是完全想把劳动运动变成资产阶级民族运动之工具，使中国劳动运动隶属于资产阶级，这就是戴季陶主义真正的最后的精神。简单地说我们是要把民族资产阶级的民族革命变为劳动运动的一种工具，也就是无产阶级要利用民族革命以达到阶级解放的一种工具的。这两种精神的背景如何呢？这完全是代表两个阶级的对抗。我们是代表无产阶级利益的，所以我们对戴季陶主义是斗争的。斗争不仅在中国如此，在俄国当时亦如此，在欧洲各国亦都如此。在革命潮流高潮时，在工人阶级势力膨大时，资产阶级的一部分看见资产阶级统治发生危险，于是在主观上或假意相信马克思主义，而在客观上完全代表资产阶级利益。何以把戴季陶列在一起呢？因为他怕工人（都是代表资产阶级的利益而加入我们团体的代表），在客观上都是代表资产阶级的利益了，戴季陶自觉地站在资产阶级方面，而李汉俊不主张我党作政治运动而将政治工作责任给国民党，给予资产阶级的党去了。近来戴季陶主义很明显的反对 C.P. 的存在，外面的宣传则说：我主张 C.P. 脱离国民党，是于共产党独立。其实他以为在中国急需要的就是国民革命，而三民主义适合各阶级的，故现在中国无须乎有共产党，而中国共产党对国民党有妨害的。所以他主张是要把工农运动抓在国民党手中，从根本上拆散中国共产党。×× 独立派，想把中国共产主义青年团三民主义化，这种野心是何等大的啊！这并不是偶然的，他是自觉的代表资产阶级的利益的啊！他已是我们无产阶级的叛徒了。他是与我们对垒争斗的，一直到现在我们也是继续的与他争斗。另外李汉俊的主张也是代表资产阶级的利益的，他反对吃革命饭、领薪水（根本不了解职业革命家的意义，以为每个党员应另有职业）。他现在已开始反动了，俨然与人家共同组织新社会民主党，自以为是一半采法第二国际，一半是采法第三国际，而实际上他的主张反对苏俄联络日本，并办大学校以专门吸收我们党开除的同志，所以他现在完全成了中国共产党的敌人了。

由不自觉的反动而趋于自觉的反动了。这些思想虽然在吾党的历史上是很短的，但对我党有很大关系，例如现在戴季陶主义在中国政治上已发生影响了，他们在我们党内存在的时间很短，他们的势力又小，我们对他们又没有很长的很激烈的争斗，也是因为这个倾向在党内没有大发现，所以没有与他大争斗，故在党内亦没有公开出来。他们现在虽没有打入工人群众，但现在国民党中或国民党外部积极的鼓动小资产阶级并从事劳动运动以破坏我们的劳动运动。故我们与他们的争斗是很激烈了。我们与戴季陶合作这一短时期是有利益的，马克思主义在中国宣传很快的，因为他们都有社会地位；现在我们与他们决裂了，互相争斗起来了，我们做民族运动，现在领导地位，而将来无产阶级革命的萌芽发展越厉害，他们也愈害怕，故渐渐形成他们的资产阶级思想而反对我们，并在组织上破坏我们。由争斗又看出我们是对的，是真正代表无产阶级利益的。总之，他们限制党的工作，使党成经济派、改良派，限制党的工作给予国民党去作，也就是告诉我们在中国共产党发展的短期中，虽有资产阶级急进代表加入，利用工人运动以代表资产阶级的利益，现在党已制胜他们了，他们已退出去了，与我们公开的争斗起来了。我们是应该继续同他们争斗的。中国、俄国经济主义者和俄国无产阶级叛徒与中国无产阶级叛徒是一样的，俄国经济派的口号是“走入工人群众中去，而不作政治工作”；李汉俊的口号是“走入学生中去，不作政治工作”，这些都是很笑话的。经济派口号出来时，列宁曾说，无产阶级政党不仅要走入工人阶级群众中去，而应走入社会各阶级中去，以利用他们的力量。故中国共产党不仅作职工运动，而且要作团结各阶级的民众工作，不仅领导工人阶级，还应领导各阶级的民众。只有如此才能证明我党制胜资产阶级的代表而得到完全的成功。

（五）党的第二次大会到第三次大会

第二次大会在一九二二年七月，第三次大会在一九二三年。在这年中，中国工人运动的潮流兴起来了，广东、湖南、湖北及北方铁路工人运动均勃兴，广东、湖南各地都得到很大的胜利，只有上海的罢工是失败的，但也不能影响于全国。这些职工运动因“二七”的失败，各地均向工人阶级进攻，以致渐渐消沉下去了。我们现在分以下几个方面来说：第一，职工运动；第二，党的政治生活；第三，党的内部生活。

1. 职工运动。这时北方京汉路工人的组织发展起来了，同时唐山已早有工人罢工的发生，在长辛店已有张国焘等设立的工人补习学校，把我们的工人刊物《劳动音》普遍起来了，并举行了“五一”节，北京也举行了纪念日，都有很广大的群众参加，就引起了北京政府注意，被捕了许多工人，但不是我们的同志。这是“五四”运动以后渐渐起来的，不过在香港罢工胜利以后跟着扩大的。此时湖南组织了工团联合会，发生了人力车夫及纱厂大罢工；在安源三万多人的大罢工，结果得了胜利；在水口山也组织了很有力量的俱乐部；在湖北工人运动跟着扩大为人力车夫和汉阳铁厂的大罢工。它影响全国都组织起来了，湖北工团联合会并设立了“劳动书记部”，也设立了支部，于是引起了中部的工人运动。而在广东的影响下香港的罢工，他们也组织了一百多个工会，在“五一”节组织了大示威运动，参加者有八万多人。在我们指导之下，这时广东有两个指导机关：一个是总工会；一个是广东工团联合会。而在上海有一纱厂大罢工，也在我们指导下，也组织了一个工会，不久失败了。这时党的计划要把沪宁铁路组织起来做为上海工人运动之中心，结果也没有成功。

劳动立法运动，这时工人阶级发生了立法运动，我党有下列几个原因也来做立法运动。

第一，引导劳动运动到政治争斗上来；

第二，直系欺骗工人，我们于中揭破其面具；

第三，职工运动的本身，职工会是不能永久存于秘密的状况下的，而事实上劳动运动这时已起来了，但政府常用法律来压制，所以为本身计，提出劳动立法；

第四，对付工贼，自职工运动发生，即有工贼发生，如交通系收买工贼，散布谣言，说共产党是使工人流血的，是利用工人残害工人的，工人要同交通系合作，利益要大，这影响工人很大，为对付交通系工贼计，可以主张劳动立法；

第五，这时有投机政客（胡鄂公等）借立法运动来欺骗工人，所以我党应先发起这运动。自立法运动的提出后，全国工会互相赞同，虽未成功，但影响甚大。第一次全国劳动大会所提出的十七条，使工人有深刻的印象；第二次劳动立法运动，就是共产党第一次引导工人阶级走向争自由的路上来，因此这时就决定在一九二三年“五一”节在汉口成立全国劳动总工会，后因“二七”失败未实现。这时职工运动的政策：第一是极力在北方组织工会；第二是引导劳动运动由经济争斗到政治争斗。这时期党的政治生活如何呢？

2. 党的政治生活

（1）各国政治状况：吴佩孚打倒日本的工具段祺瑞之后，新的军阀崛起的时候，在南方陈炯明作英帝国主义的工具，及全国民众反帝国主义运动完全被消灭，这时国际情况为华盛顿会议后，日美冲突最厉害的时候，结果日本失败美国胜利了。

（2）这时党的生活状况：在第一次大会（一九二一年）我们党没有决定什么政策，曾讨论过与国民党的关系问题，但无具体的决议。当时的意见分赞成与反对两派，赞成派的理由很简单，没有说明政治理由，而只主张合作。反对派的理由以为国民党已经消灭了，没有什么作用了，所以主张自己统一势力。这是从国民党本身来反对，而没有从政治上去了解和分析，所以第一次大会时对此问题没有决议，只有宣传和党纲的规定。这证明，只能说是宣传机关，而说不上政党，因为对政治问题没有政策的决议。到第二次大会时党已有政策，开始作政治的宣传，从前完全是鼓吹主义，这时是政治的主张了。

（3）党的第二次大会，在一九二二年七月开的，这时我党才开始分析中国社会的政治经济，结论是：

第一，辛亥革命未完成。我党分析的理由是：

①帝国主义帮助反革命来压迫革命。

②政权落于封建军阀手中，因此得出的结论是要继续的革命，所以提出的口号是打倒帝国主义和军阀。所以当时共产党即发表对时局之主张，第一分析帝国主义侵略中国后的势力；第二分析北洋军阀之产生及其存在（是帝国主义帮助的）；第三分析辛亥革命失败之原因，是帝国主义帮助。因此，这次大会提出的口号是继续辛亥革命，联合各阶级起来打倒帝国主义和军阀。这次大会还讨论联邦制问题，因为这时一派主张武力统一，又有一派主张联省自治，还有一般大学教授主张立法（美国式的），孙中山主张护法。所以此次大会对于这几派的主张都加以分析，并且在宣言中指出其来源及谬点：武力统一是军阀专政，这对帝国主义与军阀都有利益的；联省自治是小军阀瓜分中国，使帝国主义在中国有固定的地盘和势力。胡适等主张立宪来解决中国一切问题，这完全不了解中国病源是由帝国主义和军阀的压迫。如说能用宪法解决中国问题，是不是帝国主义和军阀欺骗人民的口号呢？我们说宪法是革命的结果，没有革命决不能产生真正民意的宪法。其次，反对孙中山护法的错误，我们说明现在是革命没有成功的问题，根本不是护法问题。现在的问题是怎样继续革命的问题，而不是讲法律的问题。所以我们主张联合全体人民反对帝国主义和军阀。这宣言是党第一次走上政治舞台的政治主张，贡献于全国人民之前。怎样实现我们的政治主张呢？所以党决定在北京办一《远东日报》（一九二二年八月决定），专是宣传国民革命，而国际代表马林反对，理由如下：第一，本党能力不足；第二，恐不久被封闭；第三，以为当时党不应该办这样大的机关报，只应办一周刊等。因此一九二二年九月我党机关报为《向导》，发行这报的纲领完全是根据第二次大会的政治宣言，口号是打倒帝国主义和军阀，实行民主革命。本报的影响及本报未出世以前的思想：

①封建的政治思想绝对不知道中国的政治乱源如何。复古尊孔、

提倡道德、反对民主制，代表此思想的中坚人物为军阀。

②半封建半资本主义的思想代表人物为交通系、研究系，他们否认中国受帝国主义的压迫，认为国民革命弄糟了，以为中国主要问题是提高文化。

③买办阶级大商人的思想，一方面崇拜帝国主义和军阀，另一方面反对国民党而无独立的主张，且禁止谈政治口号，如在商言商，即国民党党员亦变为军阀的走狗，或消极完全不谈政治了。一部分党员（张浦宗、张继），反对驻防军，以为中国之乱由于军阀，但认不清军阀是整个统治阶级，而仅仅反对的是那个人的问题。这就是当时的政治的最高主张。对帝国主义完全认不清，尤其认不清帝国主义与中国的关系，且否认帝国主义与军阀的关系。自我党政治报出版后，很引起一般人的注意，当时称我们的主张是海外奇谈的研究系，对我们的言论，谓宣传共产主义是可以的，至于主张与俄联盟、反对帝国主义是不可能的。在第四期，帝国主义者完全将《向导》翻译在《字林西报》登载，四期以后，工部局即严禁出售。

④普通一般知识分子的思想。《向导》周报在最初出三千份报，而增至四千份。思想界起了大的变化，并对国民党丧失希望。《向导》在上海、长沙、北京都有出版。

⑤对于工人阶级的影响。以前工人运动的口号是打倒资本家，但工人能看报的说不上政治，他理解不了整个观念，而且还受军阀的影响，还没有共产党的政治观念，此报发出后，才把同志们的地方观念打破、非党观念改变过来，所以《向导》是统一我党的思想工具。总起来在第二次大会后党始有政治的策略，并且实际上做了许多成绩，在社会上有很大的影响，在思想界上亦有很大的影响。在党的本身说，不仅统一了思想，而且作了组织的工具。

第二，民权运动大同盟，是在“二七”以前发起的，两湖、上海、广东均有此组织，这时在政治上即有政治的主张，但怎样进行，在第二次大会还没有决定加入国民党的问题。原因是：

①本党只有抽象的理论;

②国民党未变换态度及孙中山态度不定;

③这时的政治情形，如吴佩孚胜利时，在广东虽然孙、陈得广东，但陈马上反孙，另方面英、美帝国主义的势力在中国正是兴盛起来的时候。孙中山这时主张四派势力联合：第一西南派，第二奉系张作霖，第三安福系段祺瑞，第四直系吴佩孚。这是孙中山的主张。同时他对外主张联德，代表是朱和中；到美国代表是马素；到日本是廖仲恺。这时我们看得出他有两个幻想：第一是希望军阀和平；第二是幻想帝国主义帮助。这时对我们敬而远之。这时我们当然不能与国民党发生具体关系。既然如此，我们用什么方法实行我们的主张及政策？因为我们的政策不是宣传的口号，而是要组织民众，所以党决定组织民权运动大同盟，这时党内曾有讨论，如国民党不与我们合作的问题，C.P. 不能公开的问题。因此这时我们决定组织第三党，但在当时不能正式组织党，最初只能组织普通团体，所以我们开始在北京组织了，参加者非常踊跃。但在北京的知识阶级的政治观点很弱，如他们赞成精神很好，对实际上去做觉得害怕，并且不承认打倒帝国主义，结果后来北京教职员也参加了，甚至议员也参加。

第三，一九二二年九月[1]西湖会议。会议讨论加入国民党的问题。

①在此次会议以前曾讨论过此问题，一九二二年 C.P. 第二次全国大会时，国际代表主张马上加入国民党，而有一部分不赞成加入，有一部分在理论上赞成，但关于具体方法，会议的结果要中央解决之，所以我们决定用 C.P. 中央执行委员会写信致国民党，请求联席会议，但由于中国政治问题而实际上做不到，因为孙中山不承认有 C.P. 的党，故因此未作。

② C.P. 第二次大会议决了政治的纲领，内容是对于时局的宣言，号召各阶级与国民党合作。这是党未开西湖会议以前的两件事。这时

[1] 原文有误，应为“一九二二年八月”。

候党员和团员对加入国民党非常不满意，但在另一方面又看不清革命的道路，这些人反对加入国民党的理由是：第一在主义上与三民主义不合潮流；第二组织的方法不能适合新的要求；第三革命方法倾向于军事运动，所以不赞成加入国民党。

③西湖会议的经过，结果一方面两党联合，另一方面设法个人加入国民党，经过数月后才加入（和森、秀松）。此后我们才与国民党发生具体关系，但影响很少。但这时客观的要求不仅如此，我们的政治生活也不仅如此。简单举个例子来说，全国劳动群众和学生运动非常发达，因此这种的影响很大，反映到北洋军阀派内起分裂，吴佩孚反段、反日本，这是“五四”运动的影响，军阀的分化第一次不能不说吴是左派军阀，这事我党是什么态度呢？C.P. 对于任何事变必须参加，决不应中立，放过机会，究竟在这时我们对吴态度是怎样呢？反对吴必须赞成国民党与段及张联合攻吴，其次就是作国民党与吴佩孚联合的政策，我们怎样决定政策呢？首先看国际的情势，其次看国内的形势。在国际方面是华盛顿会议，英美竭力要吴统治中国，但关系未固定，而日本与段、张关系比较巩固；同时吴佩孚对群众和国民党态度都比较张作霖好，所以我们赞成国民党与吴联合。如我们赞成国民党与段、张联合就是右倾危险很大，结果使国民党成为日本帝国主义的工具，所以这时竭力破坏国民党与段、张联合，赞成国民党与吴联合。还有一点，孙是揭破吴佩孚的黑幕，如他真能赞成中山，于国民的利益是很大的，这种事实虽未做到，但有三大作用：一使吴与英美帝国主义关系暂时不能密切；二使国民党与张关系破裂；三可以揭破吴佩孚的种种面具。

此时借吴佩孚的势力打倒交通系在京汉铁路的势力，所以此种政策在政治上收相当结果，在劳动运动中打倒交通系在工人中的势力。在另一方面对南方陈炯明的政策，自“五四”运动后，陈不但赞成民主革命，并且日益赞成社会革命，学列宁，因此我们曾与他在短期间发生了关系，但到他反动时，即与他脱离关系，而且坚决的反对，当那时与陈联合时曾办了《闽星》、《群报》，这是对于党有利益的。再其次就是联省自治的政策，原因是，第一是小军阀对付大军阀，第二是帝国主义利用中国之分裂，第三各省政客绅士想搀地方政权。自吴打倒北洋军阀段祺瑞，有武力统一的趋势，所以小军阀号召联省以抗吴武力统一的口号，这是社会的影响，因民众厌恶战争、希望和平，所以这时复辟的思想复兴起来，这不是偶然的，乃在历史上都是如此，所以表现出复辟思想，这是建筑在社会的背景上的（落后的农民）。吴之武力统一是这个传统思想，是建筑在新兴资产阶级的利益上（纺纱业），所以武力统一的口号得长江流域大资产阶级的同情，尤其是庐山会议、制宪会议，上海资产阶级特别起来响应吴佩孚，赞成武力统一，尤其是赞成反对日本，所以小军阀不得不在政治上找一个口号。但如果中国分裂究竟对帝国主义有什么利益呢？第一不能使中国工业发展；第二可以加强他们对中国的财政的统治，帝国主义可以均衡在英国的势力下瓜分中国，使中国民族不能形成一个整个的民族以反对帝国主义的革命运动，那么联省自治就应做了。但这口号怎样号召呢？原因是第一，一乡一村农民可以自治；第二，知识阶级的投机，产生政客。因此我中央重新提出口号；各省小军阀的主张自治，这联省自治影响一般知识阶级是很大。这是辛亥革命后及“五四”运动以前的中国政治思想，到“五四”运动已由马克思和列宁主义的观点来分析，开始打破此种思想。中山自上次失败后发表宣言反对英国，所以日本主张亚细亚与条顿民族同盟，反对昂格鲁萨克逊（英、美），这且是战前的思想，这恰与世界的形势相同。自大战发生后，即发生中国参战问题，所以就主张参加协约国（这是段祺瑞的主张），但国民党主张参加同盟国，战后主张中、德、日、俄联盟，所以发生实业借款。

3. 党的内部生活。党内的生活都有什么问题呢？第一是李汉俊、沈玄庐、陈望道；第二是小资产阶级的理论与态度问题；第三是小组织的问题；第四是广东的党部问题。

李汉俊、沈玄庐、陈望道。在第一次大会仅汉俊到会，和森、独秀未到会。因他有许多的错误，及我们对他有许多的批评。这时他对国焘同志有很多不满意，同时对独秀也不满意。因编《向导》周报和组织问题说独秀是专制，这就是因为汉俊、望道他们的意见与独秀的意见根本不同，按党的影响来说，他们是争领袖，结果大会选举第一届委员为独秀、国焘、李达，因此汉俊非常消极而回家去当教员，所以第二次大会召集汉俊他未到，只写一封意见书，内容是反对集权制、铁的纪律及作劳动运动和领薪水等。玄庐比汉俊煽动能力高，而他与戴季陶关系很深，但他与汉俊的消极是一样的，因为在党内也是没有占着地位的，所以也不满意独秀。他的生活非常奢侈，后来他到浙江作议员。最初他作过农民运动，而到做议员时，他就联合了一派议员，所以渐渐变成了浙江省宪派，因此他影响一般的群众，所以在政治上的势力日高，渐渐就表示脱离党，不久就请求退出党，理由如下：第一说党内有拆白党；第二说党不注意农民问题，同时反对青年团改组，反对集中制。因此他另组织青年团，势力比我们要大，并且他另出一种刊物。到第三次大会派人请他，结果他不到，而后来中山派蒋介石要到俄，这时他同蒋介石一起来俄到莫斯科，以后才稍稍变更，承认不出党。国民党改组时，我党派他作国民党中央执行委员会的候补委员及浙江省党部的预备员。后来中央减少他的预算案及与同志及生活问题而又引起他对中央不满意。到第四次大会时他发表意见：第一，主张国民党独立，不应由共产党去指导，尤其反对党、团在国民党中的组织；第二，反对共产党加入国民党；第三，共产党的组织在各地不要太发展了。他为什么主张国民党独立呢？这就是社会的背景使他只主张作民族革命，否认无产阶级是领导革命的力量，同时又反对阶级斗争，完全是受戴季陶的影响，所以在第四次大会后又渐渐消极下去。而到了第二次国民党扩大会议时，一九二五年五月戴季陶提出最高的原则，他说国民党唯一原则就是三民主义，就是要使共产党退出国民党。这时玄庐就取反叛党的态度特别明显，所以党决定开除玄庐。望道同志在主张上与汉俊、玄庐等全相同，因个性阴沉，反对集中制和批评，怀疑工人加入共产党，反对大罢工，主张党应秘密不应如此公开。同时在第二次大会时，旅莫同志回国，以为上海太消沉，多数主张积极活动，但望道非常消极。这时中央显然分两派，所以在第二次大会发生竞选问题，结果这次委员为独秀、国焘、君宇、和森、中夏等同志，因此望道对中央更加不满。在西湖会议时，马林不满意新委员完全系新分子，主张扩大加李汉俊、李大钊为委员。望道一直消极下去。汉俊、玄庐、望道等退出党，对党的影响如何呢？大部分同志认为汉俊等退出党是独秀同志专横，使汉俊等消极，直到第四次大会都对汉俊表示同情，到现在才明了。又有党内同志反对国焘同志批评的态度太严重，第一次大会时国焘批评汉俊等太严格，后来国焘同志由莫回国到上海、北京、广州等处严重批评，而引起全国同志不满意，国焘与佛海、平山、中夏、公博发生很大的冲突，这都是站在个人的观点上和小资产阶级的心理上去攻击同志。另一方面国焘太左，这个问题在第二次大会未解决，因国焘被选举为中央委员，所以又发生下面的问题，第二次大会后所发生的小组织问题。因为这两派的见解和行动都有分别，所以第二次大会活动分子被选，自然的党内分了派别的观念，反对“劳动组合书记部”与中央组织发生关系的问题，后来劳动组合书记部开会讨论怎样实行第二次大会决议，只有活动分子全到，这时太雷发觉后即报告中央，因此独秀辞职。不久仲甫同志被捕。以后我党又开西湖会议，此次会议讨论问题是：（1）小组织问题；（2）对国民党的态度。

在西湖会议上解释小组织是偶然在表面上表现，完全没有别的倾向，但这是错的，理由如下：第一，为什么中央执行委员会不在大会上对付消极分子；不按照中央执行委员会的决议，去实行改组上海支部。以后我们再看会议的决议。

（1）因党最初组织理论和训练的基础都很幼稚，小资产阶级的心理很浓厚；

（2）因党中央都不满意国焘同志，所以借此夸大，以实行其攻击的野心；

（3）把组合书记部当中央执行委员会的变形，一切事情由组合书记部发命令找活动分子去工作，不用经党的通过；

（4）国焘不善分配工作——因为有以上这些原因，一时很难消灭这些意见，影响还是存在；

（5）广东党部问题及对陈炯明政策问题：第一，反对陈炯明——广东同志很奇怪；第二，认不清对陈的关系，所以有偏袒陈炯明的倾向，一时不容易转变态度——《群报》。陈公博他不赞成陈炯明，虽然反对陈炯明，但实际上帮助了陈炯明，因此中央去信严格责备公博、平山等，这时与陈有关系的等等同志并调回上海，公博反责独秀，不久独秀来俄后，公博等又在广州办《珠江评论》，主张联省自治，胡适之在北京主张作联省自治，独秀在上海反对联省自治，并说中国地大，交通又不便，主张联省自治是不对的，我们不反对割据，而怕的为割而不据，他又主张作劳动运动，因此中央看见广东党部已变为陈的工具了，所以派人去调查，所得的结果：第一，《珠江评论》是陈炯明出钱办的；第二，陈炯明办劳动局要公博当局长；第三，反对中央对陈炯明的政策，并拟离党而组织广东共产党。中国共产党中央根据这报告即将陈公博、谭植棠开除，马林亦赞成，并在《向导》上公开反对《珠江评论》。但广东团体仍非常混杂，直到陈炯明失败，始知道中央意见是对的。其原因是由广东同志相信公博太深，其次相信陈炯明反对中山是对的，再其次不相信国焘，以为中央此举为国泰所为。此时广东情形非常不好，他们以为应开除国焘，后来公博去英国，植棠被开除。以至“二七”后中央移广东，广东同志始觉悟他们之错误。以上四个问题，只有一个是态度问题，其余三个问题是根本的政治问题，这种倾向在幼稚的党中是影响很大的，同时他们在党中的地位很高，所以不得不与这种倾向奋斗，这种奋斗故是对的，这并不是什么小的问题，而是根本的政治问题。国焘问题在表面上是态度问题，实际上是党的纪律问题，不明白党员与党员的关系和上级机关与下级机关的关系，根本是反对纪律和集中制，至第四次大会始明了。

小组织问题，发生于第二次大会以后，动机是好的，但方法是错误的。应当不是另外组织活动分子，而要以中央执行委员会去推进全党进行，如这问题不解决必定发生派别，所以小组织的组织是不对的。因为在党中有两个方法：一是以活动的分子去推动消极的，一是将不革命的分子开除。这动机是对的，但方法是错的。此外，广东党部问题，起初他们是不自觉的，后来完全是自觉的作陈炯明的工具。中央解决这问题，广东党部同志不明了，因这问题完全是根本政策问题，故宁肯失掉广东党部，也必须严格向广东党部的叛逆行为争斗，而这时马林主张恢复陈公博的党籍，这是马林的错误。另外，在此时因上面种种原因，多数党员对党是消极的，但这种现象是必然的，因为社会的背景不同，所以反映到党中的政策不一致，发展到党中时，党中央就形成政策的不同，党的组织于是形成消极与积极，而影响到行动上来，但到现在我们的党能成为一个行动的党，真正的党，这就是由于不断的争斗而形成及得来的。

（六）“二七”运动与党的第三次大会

1.“二七”事变在党内的影响。在第二次大会与第三次大会之间，是中国工人运动新兴时期，这时期各地工人都起来组织工会，并影响到知识分子之分化，仅左派来做工人运动，并促成一部分军阀的左倾，高唱优待劳工。总之，在“二七”以前的工人运动是在勃兴时期，我党同志当时都抱乐观态度，以为可以不经过国民革命而无产阶级革命可以马上成功。在这时期所有运动十分之八九是胜利的，虽然有小部分的失败，但不能影响到全国。但“二七”失败却不同了，马上在工人阶级中引起失望，特别是京汉路的工人，因此影响到党内思想发生变化，发生悲观，对劳动运动怀疑，这是坏的思想。但还有好的，就是“二七”失败后得到教训，工人阶级独立斗争是不能得到胜利的，而还要有各阶级的援助，且军阀利用民众开会反对京汉路罢工，因此工人阶级应联合各阶级引导群众做自由的解放运动。但坏的影响甚大，如京汉路工人罢工策略问题上（要上工），而善后方法是很困难的。当时有些分子主张马上联合一切反英的势力以打倒吴佩孚（到上海公开登报反吴），这时中央的政策：第一，保存各地工人阶级的势力；第二，在京汉路迅速进行秘密的组织；第三，在政治上极力进行反直系大运动。这些不是一时可以成功的，因此一部分同志（周无为，张子采，郭平伯，郭寄生，陈天甘）发生自由行动，不服从党的命令，自动到奉天国民党等处求援，因他们渐渐不信党而变为反动派了，自此党内的困难问题亦来了，因为受了此次精神上的打击。

2. 党的第三次大会争论的内容和倾向。“二七”失败后三个月到一九二三年五月[1]开第三次全国大会。这次争论的问题，如加入国民党问题，此问题在西湖会议上已决定全体党员以个人名义加入国民党（守常亦在），在理论上还未确定，所以在这次大会上争论的还是这个问题。在“二七”失败后，工人要领导各阶级作民族革命的争斗，这点中委同意，但在理论上的解释就发生了分歧。马林最初则反对加入，后来受越飞的影响就倾向国民党了（他自己急躁，对党悲观失望，以为党很小，还是俱乐部，仅仅数百人，有时还发生纠纷）。这时马林提出“一切工作到国民党去”的口号，甚至不要共产党的右倾主张，仲甫是赞成的。后来第三国际训令来了，对于中国政治分析，以为中国目前是国民革命，领导责任是共产党担负，共产党应加入国民党，但要保住自己的独立的组织，这个训令是对的，当时中央对此是无问题的，不过怎样实行这个训令却有不同意见。马林认为我们职工运动都能到国民党工人部去做，而仲甫在大会报告，观点亦非常之右，说：中国无产阶级在数量上质量上都非常少，至于党的发展只有五百余人，工作只能作经济争斗，而不能做政治争斗，并且共产党目前不能在工人中公开宣传共产主义，而在小资产阶级中更甚，至于党更不能公开，故我们要做工人运动只有加入国民党，集中势力于国民党。当时讨论

[1] 原文有误，应为“一九二三年六月”。

的问题为：

（1）联合战线问题：马林、仲甫、秋白、太雷认为中国目前的革命是资产阶级性的革命，故应与资产阶级联合。国焘、和森、仁静以为中国的资产阶级是不革命的，因阶级性使然，所以我们只应与小资产阶级联合，即是与国民党联合，因为他是代表小资产阶级的；

（2）党的地位与独立工作（亦分为二派）：

第一，马林、仲甫、秋白、太雷以为目前应加入国民党作国民革命，故当完全作国民党的工作，将来国民革命成功，这时党的独立是不成问题的了，因为那时共产党自然会出现了。

第二，国焘、和森、仁静以为加入国民党后应保存党的独立性。

（3）是否保持产业工人（亦分两派）：

第一，主张不保留产业工人，因为保留就是减少国民革命势力；

第二，以为产业工人是共产党的基础，应留，而不应加入国民党内去。

由以上看来根本的意见不同，具体的方法亦不同，一派右倾，一派左倾，结果组织一委员会把前面问题修正，对于后一问题又开一大会，始通过不保留产业工人而加入国民党，我们现在的估量以前是右倾的结果。

①把工人的势力看轻，在马克思主义尚未深入工人群众脑中以前时，工人群众中的小资产阶级心理与色彩是不免的，但不应抹杀工人阶级的势力；

②把资产阶级看作领导者，并未看清小资产阶级的势力；

③共产党没有不要紧，只要国民党工作好时自然可以产生共产党。

以上三点如果发展起来有成为少数派的危险。但他们也有好的地方，即是能接近各界群众，而他们也是很积极的。仲甫曾说："不要怕共产党有消灭的危险，我们去参加国民党的工作，假使是有危险也是历史的危险。"但在左的方面是很消极的，其缺点亦有三：

①怕加入国民党而削弱自己的势力，因之不积极去参加国民党；

②等孙中山左倾然后再加入，而忘却支配国民党的责任；

③不能加入，去促进国民党改组，而站在被动的地位。左派的背景，只看孙中山是对象，而未看清全国国民党的群众，只看见反动势力右派。这背景是没有看清共产党是帝国主义侵入与侵略后的国民革命的领导者。总的背景是“二七”失败后党右倾，而看重国民党。在国际的背景是否是帝国主义向无产阶级进攻，因是各国共产党和工人阶级均取守势，而认为这左派太过火，这就是三次大会的情形。

3. 党的第三次大会关于加入国民党问题的讨论。前次曾说过关于加入国民党问题，在当时是极严重的。这时接到第三国际的训令，要中国共产党加入国民党，并指明这是目前重要的工作，但应保存自己独立的组织。在当时工人运动很发展，如南方海员罢工取得胜利，可是京汉路罢工是失败了。这次失败给了我们很大的教训，教训就是孤军奋斗。此时在政治上是曹吴及英帝国主义统治之时，故政治的压迫很严重，因此第三次大会无论客观上与主观上都有加入国民党找得政治上的同盟者的条件。但当时党中曾发生一个问题，就是“二七”事件初失败，工人们心中都感恐，欲用京汉路总工会名义在上海办报，公开反吴。我们知道这种复仇的感情是原始的，在策略上绝不应如此，因为我们的进攻是有策略与有步骤的。另一方面这种倾向在客观上，是要求中国共产党有一很正确的政策，即是对国民党之联合政策，因为国民党在中国革命史上是有地位的。此时加入国民党本来已根本不成问题，但如何这会上再发生争论呢？就是出于当时此问题的解释不同。在第三次大会所争论的主要点：第一，是否保留产业工人组织的问题；第二，国民党是否是中国集中的和唯一的政党。关于第一个问题讨论的结果是产业工人加入国民党，在国民党中去吸收我们的同志，此问题争论甚大，到大会中乃解决。至于第二个问题则在委员会中解决了。加入国民党问题已通过于大会了。今后的问题就是如何实行这个议决案的问题。第三次大会后，北方曹锟上台，随着临城事件发生，而帝国主义者就借此威吓曹锟与直系军阀，当时舆论为之一变。而在南方则孙中山重新得着政权（这是当时的政治情形）。这时国民党的政策是借临城案来反曹、吴，孙中山曾拍出一通电，但这若以革命观点来看，对于革命是不利的，因为主观上虽是反曹、吴，但在客观上间接帮助了帝国主义。中国共产党曾派代表欲与国民党联合宣传反对临城事件，可是孙中山不同意，故结果只得单独发表宣言。此时大资产阶级多是反对曹、吴的，大资产阶级同小资产阶级曾联合组织了一《民治报》。当时我们的宣言召集国民会议，引起了外报的嘲笑，此时孙中山并未发出号召，以致这口号不能扩大，这不能不说是国民党的一大缺点。此时在政治上虽有鼓动的机会，一般民众都反对，但因国民党只注意广东军事运动，故革命的浪潮不久就消沉下去了。第三次大会后不久到一九二四年一月国民党乃召集第一次代表会议，举行改组。在这个过程中，我们的政策一方面是宣传国民大会，另外又主张国民党组织的改组。但在这个时候，正是反曹、吴的时候，可是国民党没有利用此机会出来活动，故不久反曹的空气就消沉下去了。如上海资产阶级的“民治委员会”，不久就瓦解下去。在第三次大会中，于工人运动之决议案多是保守，而实际上因“二七”失败，故不能不保守，但同时也有进攻的。

4. 国民党之改组。一九二四年国民党实行改组，因此我们第三次大会对国民党所定的政策有实行的可能了，这证明第三次大会之政策是正确的。虽在当时有左倾的主张，这是不可免的。在七月之前主观上我们的党决定了此政策，而今客观上都已成功。再看国民党改组的意义：第一，国民党以前的态度是犹疑的，尤其是反对帝国主义。当第三次大会时，我们党中央移广东，公开发表宣言，国民党尚恐怖，简直不愿意我们的党公开发表政治主张；另一方面广东离香港太近。但改组后就确定了正确的反帝国主义之纲领，这在中国革命历史上从来所未有的。自鸦片战争八十余年以来，也曾经过了许许多多次的反帝国主义运动，但都没有正确的反帝国主义之政策。孙中山虽有三民主义，可是对帝国主义之态度尚有些暧昧，直到此时才有明确的政纲。

一方面这是证明了中国八十年的经验，另一方面又是证明是世界革命的产物，是苏联十月革命和西方工人运动及第三国际的影响。这次大会确定了革命的目标，即是中国革命的要求，劳动平民的解放，把中国从帝国主义和军阀压迫之下解放出来，又在纲领上具体规定了工农之要求，确定了国民党之政治趋向，又规定了要与世界革命发生关系及联合苏俄，而以前国民党的口号，是中国人民自己解放自己。国民党之改组又是证明了我们第三次大会之成功。但此时我们党中就发生了不好的趋向，因为努力于国民党的工作，故对于我们党的工作与组织就忽略了，同时把共产党与国民党弄不清楚，这是由于党尚幼稚的结果。

（七）党的第一次中央扩大执行委员会议。在一九二四年五月在上海召集党的第一次扩大执行委员会。这时的情形：第一，因国民党改组后已有五个月的努力，我们努力工作亦有五个月的经验；第二，政治的环境在南方，国民党在广东并没有好的成绩，而在北方仍是曹锟执政，同时工人运动尚是保守的，故这次扩大会的责任，就是审查过去的工作，重新决定以后的政策，开会时国际代表已到中国，这次会议的主要问题如下：

1. 讨论我们在国民党的工作；
2. 讨论工人运动新的责任；
3. 讨论农民问题；
4. 讨论党与团的关系。

在第一个问题中包括了审查第三次大会的决议案。因为第三次大会中曾发生了争论，第三国际亦知道，同时第三国际在土耳其国民革命运动中得着了不少的经验，国际代表以土耳其的经验，故对第三次大会的决议稍有所修改。他主张工人运动保留其独立的组织，工人是我们的基础，同时工人加入于小资产阶级的政党中。第二对国民党性质的估量，谓国民党是小资产阶级的政党，故本身上是不能集中的如无产阶级的政党。同时在实际上如国民党的组织太集中了，则工农加入不便。第三对于国民党工作确定了最正确的政策，就是我们唯一的工作是国民革命之宣传组织工作，是很需要的。因为在理论上国民党是小资产阶级的政党，本身不能集中，同时在五个月的经验中，国民党的组织是过于集中而机械化了，同时我们在国民党的工作过去偏重于组织，甚至于中央执行委员会大部分都到国民党中去工作，而党的会议停止，有许多问题拿到国民党中去解决，因为有些地方全是我们的同志，在事实上已发生了这个危险。第二个问题就是关于工人运动的议决案，中国的产业工人数量上虽少，但在革命运动中是集中的，共产党要把他们集中与组织起来，然后才能领导与推动中国的革命，组织工人是我们唯一的责任。我们的基础应建筑于工人阶级之上，又因当时工人阶级的觉悟需有共产党的指导才会走正确的道路，因此把第三次大会的错误完全纠正了，在关于组织上指明应注意工人基本的组织。第三个问题是农民问题，在这次扩大会议中讨论农民问题尚有一议决案，但当时的理论很少，唯一决定了许多口号（如组织农民自卫军、反对苛捐杂役、反对预征钱粮、反对土豪劣绅及苛租等）。以后的农民运动都是在这些口号之下去做的。第四个问题就是党与团的关系问题，在这次会议中何以会发生问题呢？因为在实际上弄不清楚，发生了许多困难，在此次扩大会上，第一确定了青年团的责任，指明了青年团的工作，其次确定了入青年团的年龄，青年团员至少不能超过二十五岁，同时又因青年的分子有很多是成年工人，都在青年团中，故使青年团发生独立的倾向，另外使许多党员及负责同志视青年团为党的预备学校，当青年团在南京开第二次大会时就发生了独立的倾向，议决案写下了青年团的工作，是独立的，不受党的支配，如北京青年团的负责同志，完全不受党的指挥，故这次党的大会，特加以指明。经过这次决议后，于是就有大批的团员到党中来了，以后团与党的工作及组织渐分化了。这次扩大会议的意义：第一，把第三次大会的错误纠正了，把未解决的问题确定了，同时又把不好的影响洗脱，对于国民党的工作有很正确的答复，即是应以宣传工作为主要，而组织工作次之，但是并不是不作组织工作。一九二四年五月开第一次扩大会议，而一九二五年开第四次大会。在第一次扩大会以前就有同志发生一种疑问，就是我们目前工作即是加入国民党作国民革命，然则共产党是否可以取消呢？这种错误是由于同志对主义的了解或是对党的理论同志们的观点尚未稳固的原因，这个错误若不纠正，不特对党危险，即对国民党的工作亦危险。但自第三次大会以后，因得了正确的了解，故把同志们的错误完全纠正了。其次，把国民党与共产党的组织分开，即是把中国共产党的组织独立起来。再其次，在国民党中的工作，把以专门做组织工作纠正而转到注意作宣传工作，因为我们之所以加入国民党是要到国民党中去做政治的鼓动及煽动。另外对于农民运动，当时只有广东作起来了，都有很好的成绩，组织了十几万的农民群众在我们口号之下。其次在工人运动方面，虽然当时还是保守的，但注意了党的组织了，以前不过是工会的组织，在第三次大会以后，就使各地同志明白了工人运动的意义与必要。再者团与党的关系也在第三次大会确定了，这些都是第三次大会后所得的成绩。

（八）党的第四次代表大会。一九二五年一月在上海开会。现在我们把关于当时一般政治情形分析一下：

1. 南方、广东的政治情形。为什么我们要先说广东的政治情形呢？因为中山回广东后，中国成为两部分势力：一是北方的直系军阀掌握北京的政权，一是国民党恢复广东革命的根据地。所以在中国革命的前途上有很大的意义。其次，国民党改组到这时共一年，在此一年中间革命高涨，革命的宣传有很大的进步，由南方到中部、北方，并且在实际上对外曾作了许多反帝国主义的争斗和对内运动的争斗，如解散商团和反攻陈炯明的事实。同时，广东农民运动亦从此开始作宣传、组织的工作。这时广东的政治情形完全是新的革命局面，自国民党改组后，中山即收回海关，这就是广东政府与帝国主义宣战的动机，也就是国民党开始实行党的决议，向帝国主义进攻的第一步。因为帝国主义用武力威吓广东政府，此次广东政府虽然实现了收回海关的目的，但这种收回海关自主的意义和影响是很大的。从此广东政府反帝国主义的态度日益明显了，因此帝国主义对广东政府的恐惧亦日益增加。在八月又发生沙面大罢工，原因是帝国主义公布条例，限制华人出入，特别是对于华工，引起国民政府的帮助，这是国民政府间接反帝国主义第二件事实。故此沙面罢工很激烈，并且时间很久。于是帝国主义看出广东政府反帝国主义的运动日益激烈，因此帝国主义利用国民党内部的反动分子，图谋推翻广东政府，于是发生了商团事件。商团是广东与香港买办阶级的武装组织，领袖是陈廉伯，商团的组织起初是自动的性质，但到国民党改组后，买办阶级得到香港政府的帮助，变成帝国主义的工具。沙面事件发生，帝国主义的计划使商团在内部发动，陈炯明在外部进攻以图推翻广东革命政府，阴谋组织一个买办阶级和军阀的混合政府。商团事件初发生时，广州政府有畏惧的形势，恐引起商民的反对，所以对商团的态度很犹豫，以后中山始下决心用武力解散。此事推动全国。这件事的意义是国民党直接与商团决裂，间接与香港帝国主义决裂，在这短时期中间由内部冲突变为反帝国主义的战争，这证明国民党实行党的决议向革命的路线走。所以广东政府成立以来革命的意义特别大，虽然商团的买办阶级说广东政府是赤化、是压迫商人的，但实际上广东政府却获得全国民众的同情，尤其是广东的工农群众。广东的工农群众在这次事变中极力拥护中山的主张，竭力帮助国民政府压迫商团，所以这时在北方虽然是直系统治的反动的时代的局面，但北方与南方正相反，南方是革命潮流高涨的时期。

2. 北方的政治情形。在北方直系掌握政权将一年，一方面是直系想巩固政权，极力扩大军备和一切反直系军阀作战，以图实现武力统一的计划。因此，直系与帝国主义的关系更加密切。但在另一方面，反直系的联合战线及奉张和残余的皖系等势力也极力准备作战，在直系统治下，除投降帝国主义、承认赔款以解决临城案外，尚有一件很重大的事情，就是在直系政府统治下的恢复中俄邦交。此事在直系本身来看，不但不赞成而且是反对的，更说不上正式中俄邦交的关系；但事实上却相反，公然在直系政治统治之下，恢复了中俄关系，这显然是一种矛盾的现象。其理由就是全国革命潮流的高涨，由南方发生直到中部和北部，同时中国共产党与国民党竭力主张中俄邦交，并在全国工农学生群众中极力宣传，并且全国工农学生对于恢复中俄邦交事均有积极的表示，促醒北方政府的注意，尤其是一九二四年三月全国民众促成中俄恢复邦交的扩大运动。在这种情形之下，不使政府有新的对付方法。但在另一面，直系的反动政府做了许多卖国的事情，受到人民的攻击。因此，卖国政府亦想借此做投机事业取得人民的好感，并可以恢复卖国的信用。这样一来，在事实上可以得着许多的权利，因为苏俄可以抛弃一切不平等的条约，所以曹、吴决定实现。实际上中俄恢复邦交完全是中国革命潮流促成的。这对于中国革命有什么影响呢？这对于革命意义当然很大：第一使中国人民认识了苏俄是真正的好友；第二更能促成全国人民废除一切不平等条约的决心，更推动人民作取消不平等条约和反抗帝国主义的运动往前发展。因此，我们看见在直系统治最后时期中，全国人民渐渐革命化了，虽然当时直系正在准备与一切非直系派的军阀作战，但因广东政府宣传的影响及全国民众的潮流的压迫，使直系不得不改变政策。

3. 工人运动的情形。第三次大会对工人运动的决议，“二七”以前中国工人初期的运动，因欧战及战后帝国主义在中国势力的削弱，因此中国工人运动取得初期高潮时期，以后帝国主义及军阀渐渐巩固，于是用残暴手段压迫工人运动，所有工会的组织完全被封，因此使工人运动低落下去；同时因为世界工业恐慌影响中国，尤其是纺织业的恐慌，因印度与英国纱的压迫，在当时工人运动无论在政治和经济上都是处于恶劣的情形，所以就取退守的政策。这是“二七”以后工人运动的第一期的情形，最初是取退守的政策，但北方的铁路工会运动，还是积极的进行秘密的组织，所以在一九二四年二月，在北京有第一次全国铁路代表大会的举行。这次代表大会只采取铁路代表分子的联合，但群众没有参加。这一方面证明工人运动是保守的性质，北方处于秘密状况；另一方面的证明，虽然于反动势力之下，工人运动不能公开，但还是进行秘密的组织，在这时很少看见工人运动是公开的，只在山东胶济铁路发生罢工运动，成立工会不久被军阀封闭。自北方第一次全国铁路代表大会后，各路代表积极活动，于是又引起军阀的注意，所以在一九二五年北京铁路总工会被封，张杨被捕。在汉口不仅工会机关破坏，即党的机关亦被封，水口山矿工俱乐部亦被封，在上海有海员、纺纱、南洋烟草公司工人发生罢工，但不久均遭失败，多数工人因此失望。在南方因国民党的组织和广东政府的存在，所以情形不同，南方的工人运动在政治上是向帝国主义进攻的态度。第一，五月间在广东开国际运输工人代表大会，全国铁路工人代表和海员工人都参加了这国际组织会议。第二，沙面罢工，这次罢工是在海员罢工之后，南方的工人向帝国主义进攻，给帝国主义第二个打击的事实。这正是北方工人受反动压迫最厉害的时候，工会被封，首领被监禁的时候，而在南方的情形却不相同。所有这些事实都给全国工人极大的影响。这时期就全国工人运动整个的情形来说，在北方虽然在反动之下受压迫，但仍然进行秘密的组织，在南方工人则对帝国主义取进攻的态度，所以此时期整个的工人运动是由守势转到进攻的形式了。

4. 农民运动问题。农民运动在广东有很大的发展，国民党改组后，实行决议组织农民协会，并且武装农民反对帝国主义和劣绅、土豪，使农民组织保护农民利益。国民党左、右派是什么？右派勾结军阀、劣绅、土豪压迫农民，左派是真正保护农民利益的，打倒军阀、土豪劣绅。

5. 党内政治生活的发展。在这时期共产党人参加国民党已有一年光景。在这一年中间，我们在政治上做了许多鼓吹的工作，在群众中亦做了不少的宣传工作。如在北方作了国民党改组的意义和国民党改组后新政纲对于革命的意义的宣传，使北方知识分子及一般民众改变从前对国民党厌恶的观念，并且接近国民党和倾向国民党的态度，使国民党的组织由南方推广到北方，全国都有新的革命组织，使全国民众的意识都集中到国民党的组织之下。同时又作了恢复中俄邦交、反对直系政府的大宣传。在南方积极组织工农群众帮助广东政府打倒商团，作直接间接的反帝国主义运动，这也是与前不同的地方。我们以前只能作宣传的工作，如组织示威运动和文字的宣传；及到国民党改组后，不仅是作宣传煽动的工作，而且推广国民党的组织，督促广东政府对内推翻帝国主义的工具买办阶级所组织的商团，对外向帝国主义的香港政府进攻。这时期由宣传工作而转到组织工作，甚至于武装工农，走上实际斗争的道路。

6. 党的第四次大会的意义和内容。由上面看来，这时中国的政治情形已渐渐革命化，一方面恢复了中俄邦交，一方面使反直系战争爆发，在南方又发生商团事件，这些事实都是革命的表示。自江浙战争发生后，于是引起直系的反奉战争，而在这时发生北京政变，冯玉祥由直系分裂出来，走上革命的道路。吴佩孚的势力消灭，因此全国民众运动又渐兴起来。这时，全国民众的口号是“召集国民会议”和“取消一切不平等条约”。这样一来，召集国民会议和取消一切不平等条约的运动畅快地向前发展。所以，在四次大会整个的政治上完全革命化了，因此这次大会的责任显然的都是领导革命向前发展。怎样才能实现这种责任？这首先要把民族革命的理想弄得真确，即是说要估量民族革命中的各阶级势力和社会各阶级对民族革命的趋势如何，然后才能定出我们在民族革命中的策略，有了革命的正确策略才能完成革命责任。而我们对于民族革命的议决案是怎样？对于民族革命的问题，在第三次大会及扩大会议时对于本问题的议决案都很简单，没有把本问题从各方面加以详细的分析。第三次大会决议只规定召集革命的力量及共产党应加入国民党去工作，扩大会议只规定产业工人运动是共产党的基本工作，不应与国民党的工作混合，就是说对于这些问题，都没有从民族革命的理论方面加以详细的分析，并正确地订出共产党在民族革命过程中对于社会各阶级的态度和关系，在第三次大会及第一次扩大会议时，因为客观、主观的条件都不可能订出一个正确的民族革命的策略，即是说没有革命的经验，由扩大会议到第四次大会时，党在实际的革命工作中得到了许多经验和教训，所以这时在民族革命的理论上就有正确的根据了。在另一方面说，证明我们的党已有很大的进步了，那么我们对民族革命的议决案之内容，详细情形参看第四次大会本问题的议决案，本问题的议决案如下：

①民族革命与世界革命的关系。说明东方的民族革命是世界革命的一部分，又说明东方的民族革命与西方的无产阶级社会革命有一共同的目的，都是推倒帝国主义，所以民族革命的成功而无产阶级的社会革命即受其影响，因此殖民地的无产阶级应参加本地的民族革命。

②无产阶级在民族革命中的责任及革命中的特性。民族革命是社会各阶级的革命，所以各阶级在民族革命中，各阶级有各阶级的利益，因此就有不同的目的。如无产阶级参加民族革命是为的打倒一切帝国主义、封建阶级及资产阶级，所以带有世界性的特性。无产阶级的目的是由民族革命进到无产阶级革命，所以无产阶级的政党领导无产阶级参加民族革命不是为资产阶级利益而参加、附属于资产阶级，而是为本阶级的利益而去参加民族革命，所以无产阶级在民族革命中不仅是独立的，并且为民族革命的领导阶级，而资产阶级参加民族革命是为发展资本主义的工商业。

③分析各阶级在民族革命中的地位与趋向：第一，资产阶级在民族革命中地位及趋向，大资产阶级及买办阶级都是帝国主义的工具，在商团事件中，已经证实了他们不要革命，而且勾结帝国主义的势力来压迫革命的广东政府，甘愿将中国人民的经济命脉送给帝国主义手中；第二，新兴的工业资产阶级方由官僚资本转到工业资本，他们的主观力量非常薄弱，所以不能积极参加民族革命；第三，农民是受帝国主义的影响和压迫很厉害的，该阶级是工人阶级的同盟军，如湖南、广东农民运动的发展，就是工人阶级的同盟军，在事实上表现得很明显。由上面证明，愈是上层的阶级在革命运动中的妥协心也愈大，只

有无产阶级是民族革命的领导者。其次这次议决案又说明工人与学生的联合必反对帝国主义，并说明广东政府的革命意义，由商团、沙面罢工两件事又可以证明广东政府革命化了，同时议决案又说明中国民族革命运动愈向前发展，而军阀的势力必日趋崩坏，而民族革命的势力必益扩大。

④中国共产党对民族革命的政策分左右倾的经过。首先说明在一九二二年第二次大会，已决定我党应领导无产阶级参加民族革命并应帮助国民党，当时所提出的口号：第一，民主革命的联合战线；第二，打倒帝国主义和军阀。第三次大会说明共产党有全体加入国民党的必要。扩大国民党的组织到劳动群众中去（在一九二三年时）。在第二次大会（一九二二年）时，只议决共产党员以个人的资格加入国民党中工作，到第三次大会的加入国民党问题，当时是没有人反对，只有一部分同志主张工人运动应在国民党以外去工作，若将工人运动的组织经过国民党，不免有混淆工人阶级的思想。所以第三次大会后我们的同志发生许多幼稚病，右倾的同志忽略了第三次大会的议决（以民族革命运动为中心并应注意发展我们的组织，拥护劳动者的利益及阻止国民党的在革命中妥协的倾向），左倾的同志适得其反，以为共产党有单独的组织和政纲，无须同国民党合作。再看右派的错误有几点：第一，既以民族革命做中心即应集中全力到国民党中去工作，不必需要共产党；第二，既加入多阶级性的民族革命性的政党，就应当不主张阶级斗争；第三，既帮助整个的国民党就不应该在国民党内部攻击右派。

⑤共产党与国民党的关系。这时我党加入国民党工作已一年了，因此得到许多经验，所以到第四次大会时，又到了一个新的环境，先必须要订出新的策略，就是说这时期共产党与国民党的关系更密切起来，在组织和思想上均应使其革命化。四次大会的政策：

第一，国民党包含社会各阶级的成分，因此不免有发生阶级妥协的危险，要极力反对阶级的妥协；

第二，国民党虽是国民革命中主要的工具，但不是民族革命的全部。在宣传上应处处反对军阀和帝国主义，保护工农的利益，攻击右派阻止中派右倾，如中派右倾亦应反对；

第三，应在思想上、组织上巩固左派、扩大左派、攻打右派，使群众与右派脱离关系，尤其要反对阶级妥协，并且在工农群众中宣传阶级争斗的理论；

第四，在国民党势力所在的地方，应将本党的宣传和组织工作大大的扩充起来，并要使其公开，假如国民党有妨害工农利益的时候，则极力反对之；

第五，我们固然要国民党保护工农利益，同时要使工人自己明白阶级的独立性，并使其明白只有工人自己有强力、有组织才能推广民族革命，就是工人农民有组织的去帮助国民党的力量要大；

第六，使在我们的指导之下的左派国民党思想巩固起来。

以上这些决议是从经验中求出来的，这些政治决议有什么意义呢？在以前是找不着的，这种理论的根据是议决案，这些议决案与国际对中国的政策差不多，这是因为革命发展之结果。这次对于工农运动都有很好的决议案，特别是较前更好，因为在广东已有很好的农民运动的经验，其次为党的组织议决案与民族革命的议决案，这都是第四次大会的特色。

⑥第四次大会的意义。中国共产党发展到第四次大会时，革命的情形就与以前不同，以前是宣传的时期，现在到了行动的时期，即是说中国革命发展到了新的阶段，也就是革命的起点，使党走上领导群众的路上去，且是走上广大的道路，也就是党开始行动的时期。以前党有相当的发展，但是局部的，而不是普遍的，在党的本身来说尚有小小困难和党内部时常发生问题，在政治上因理论的缺乏和训练的幼稚，所以党还是发生错误的倾向。在第四次大会，理论的根据和党的政策都非常正确，党内的各种错误的倾向也减少了。所以这次大会将党的理论和政策都变正确了，这时党的本身力量如何呢？虽然这时只

有一千党员，但是党的政策走到行动的时期了，所以第四次大会是形成群众党的开始的基础，因此在党的历史上有很大的意义。

⑦第四次大会后的政治工作。这时废除不平等条约和国民会议的潮流非常之高，在北京吴佩孚失败、冯玉祥开始握得北京政权，不久又落在张、段之手。但此时召集国民会议的空气很高，给张、段以无形的阻碍，这时要打破反动势力只有促成国民会议，这不仅给帝国主义以打击，而且给军阀一个打击，所以这时召集国民会议、取消不平等条约、组织国民政府为最激动群众的口号，怎样组织广大群众呢？所以党决定各地组织国民会议促成会，结果做到了。此证明党的政策很对，在此情形之下，不得不引起帝国主义及张、段的恐慌，张、段想取得北京的政权亦非常困难，因为他虽勾结日本帝国主义，用欺骗民众的口号，召集善后会议以缓和革命。当时即知国民会议是不能成功的，不过借此组织鼓吹群众，在北方开国民会议促成会，到会代表有一七〇人。返省后，在各省作了很大的宣传工作，使群众了解不平等条约和帝国主义的意义。这时北京政权虽然落在段氏手中，但另一方面国民军取得河南，所以张作霖在军事上还是不能统一北方，民众反对张作霖，在政治上亦不能统一。而此时国民会议空气很高，直到中山死后，才渐次消沉下去。但此时张作霖还是苦心经营巩固自己的势力，同日本勾结，另一方面张、段又用骗人的口号，召集善后会议以和缓革命，中山死后又借追悼大会宣传，使革命运动又向前去一大步。因为党的政策用得很好，所以革命的发展已有很大的成功。以后革命潮流渐渐低落下去，而在中山未死以前，我党看出这时革命运动很严重，若中山死必要消沉，因此计划到追悼会中做大宣传，所以在未死以前开会决议要中山先写一政治的遗嘱，以作死后鼓动群众，故追悼大会特别有意义。中山死后，在北方发了许多宣传单，给人民以深刻的影响。这时期广东的形势在中山死后帝国主义及陈炯明反攻广东，北方政府亦助陈以饷械，结果广东战胜。所以，中山死后国民革命虽受打击，但革命的基础未有动摇。因一方面工农群众的帮助，广

东政府加入反帝国主义及军阀，另一方面我党的政策用得好，使革命潮流高起来，帝国主义不敢马上压迫革命运动。

⑧这时工人运动的情况。在北方吴佩孚打倒了，铁路工会复活。二月初，日本纱厂的大罢工，为“二七”以后第一次，是吴氏下台、中山死后革命发展的影响，但因此时经济情形困难，所以只得相当的结果，这完全是党的政策用得好，这时的困难情形在客观上的经济条件上说，工人阶级本身力量很弱的，但因上海胜利，这胜利就是罢工的胜利，结果影响到青岛工人，又发生同样困难情形的罢工，这因政策好，有相当的结果。这时期劳动运动整个的是处于特别情形，政治经济都极恶劣，虽然由保守的形势走到进攻的时期，所以这时罢工全靠策略，所以当上海罢工时，决定将经济的罢工引到民族的政治斗争上来。当时的口号是“不准东洋人打人”，因此引起青岛、天津、汉口等地的罢工援助，遂使上海工人阶级革命空气增高，大胆与帝国主义争斗，以致引起“五卅”运动。

⑨“五卅”运动的情形。这时一般的状况，在政治方面，北方张作霖向国民革命进攻，由东三省到天津向河南进攻，要求国民军将河南、直隶让与张作霖；这时国民军的势力很弱，地位极低，不得不让与张作霖。在广东陈贼虽败了，同时发生杨、刘的问题，他们一方面与陈勾结，一方面与段勾结，阴谋打倒广东政府，所以这时到了全国很危险的时候。当时的政治状况如此，一方面资本家向工人进攻，在二月内上海、青岛的资本家，以挑拨工人罢工的手段来解散工会，故党的政策决定只维持工人已得的胜利，再不进攻。于是资本家却猛烈的进攻，上海枪杀顾正红后又引起罢工，于是资本家的态度更硬，上海工部局及山东张宗昌均助资本家用武力镇压工人。在顾死后中央委员会讨论，党是引起工人和警察与厂主冲突呢？还是自动的使工人消散？如果是让步使工人势力溃散，工人必无形消散；或与厂主警察冲突，即中部、北部的工人运动必然陷于困难地位，所以这时党很忧然，结果决定采用行动的政策，即民族运动的政策，扩大宣传取得社

会各阶级的援助与资本家争斗，如宣传不能引起他们的援助，则发散民族运动工人自身的宣言，自动的上工，打破资本家用关门的政策压迫工人。党用何种政策发动群众呢？当时上海工部局向上海资本家进攻，提出四条，如码头捐、印刷附律、交易所注册、华人越界筑路纳税。所以党决定用此四口号，召集示威运动，结果打死学生，于是策略成功。当时党对于资产阶级的策略计划正确，知道上海的资产阶级与帝国主义有冲突可以鼓动起来。再由整个的情形看，这时北方反动势力很大，广东又有杨、刘的危险，所以党决定在上海鼓动民族革命以挽救中国革命的危机，上海既有鼓动机会，于是提出“上海是上海人的上海”，鼓动群众反对帝国主义，反对工部局的四大提案，引起资产阶级的同情而商人罢市。所以“五卅”运动帝国主义说是共产党利用了各阶级的大成功。而此证明共产党的作用。党的政策是运用得很好的，假如没有共产党的政策决不会有“五卅”运动的发生。党在“五卅”运动中的政策：第一怎样推动大资产阶级与小资产阶级商人罢市。这时资产阶级说，罢市没有罢工力量大，应先举行总罢工，然后罢市，我们说只要罢市，罢工是不成问题的，这时我们的政策是先鼓动学生激起小资产阶级的商人，因为小资产阶级的商人是非常怀恨帝国主义的，这样一来，于是大资产阶级受学生和小商人的压迫，不得不承认罢市，因为政策运用的周到，就促成了总罢市、总罢工。第二对资产阶级的政策，这时资产阶级的分子同帝国主义有冲突，但他们怕帝国主义，在另一方面又怕工人，我们对资产阶级的政策是怎样使他们参加革命，所以我们说中国工厂工人罢工是一种表同情的罢工，是反对帝国主义的，因此资产阶级起初怕工人，到后来反来利用工人去反对帝国主义。为什么我们要利用资产阶级呢？因为上海各阶级势力在总商会之下，即是海员工会都在他们势力之下，因此要利用它，一方面揭破他们的假面具，一方面又拉他们参加革命。资产阶级在未参加革命之先是想中立来调和革命，及参加革命也是想利用工人来作这次运动的领袖，结果没有拉着领导地位，及小资产阶级的商会不相信他们，不相信大资产阶级的总商会。后来到工商学联合会提出要求九条时，大资产阶级反对，所以他们单独提出十三条。这时大资产阶级态度更坏，因此对小资产阶级完全失掉信用。其次我们怎样将“五卅”运动扩大至全国呢？这时要维持革命运动，仅上海一处的总罢工是不能维持很久及胜利的，所以党决定香港、广东总罢工以援助上海的罢工，这时有同志主张香港广东即使举行罢工，也得等打倒杨、刘后再罢工，又主张如香港罢工，于是汉口、天津、青岛亦起来罢工援助上海工人，所以“五卅”运动才能支持许久，即是现在还保持着。后来汉口、天津、青岛等处的罢工，因反动势力的压迫，不久就消沉下去了，到八月间在经济和政治上发生了困难问题，尤其是经济的问题特别困难，发生危机。因为经济的来源虽有苏联华侨的帮助，同时工人团结的精神散漫，坚固的组织发生动摇，这时帝国主义极力利用军阀来压迫工人，如张学良到上海开始封闭工商学联合会及职工会。这时中央讨论上海罢工的问题，国际代表亦到会讨论，这时问题究竟怎样？当时多数意见主张运动扩大到北方，有少数同志主张武装暴动，另有一部分意见主张收缩，结果决定继续运动。后来国际训令要保持势力，应由政治争斗转到经济争斗和部分的经济要求，将政治的责任推到北方和南方政府身上，如不这样，会使国民党消沉下去。这种政策对于工人有些什么影响呢？他使工人组织坚固起来，使阶级的认识扩大起来，使群众的争斗更坚决了，这种政策对资产阶级是害怕的，因此资产阶级与帝国主义和军阀勾结，来压迫工人阶级，封闭总工会，由此可以了解党在“五卅”运动中的地位了；

（九）党的第二次中央扩大执行委员会议的任务和经过情形：这次会议是一九二五年在北京开的。我们要知道第二次扩大会议的情形，就要先知道这时的一般情形，这时“五卅”运动已经发展，并支持了四个月。不但没有消灭势力，并且运动扩大了。一方面促进帝国主义的让步，允许关税会议；另一方面张作霖的势力大大的发展起来到长江，但不积极的向国民军进攻，因此国民革命军的势力也大发展起来，坚固起来。当“五卅”运动以前，国民军在北方的地位很危险，“五卅”运动发生以后国民军的危险消除，奉张由进攻国民军的政策而取保守的态度，所以是时在北方受大打击，使反奉运动扩大起来，而在南方政府的南部有很大的成功，为革命政府从来所未有的现象，因此使帝国主义大大恐怖起来，于是勾结国民党的右派分子谋刺廖先生，这样一来促成国民党的左派。因全国革命运动的发展，在争斗过程中，使阶级觉悟更加明显起来，资产阶级对工人阶级阶级势力的伟大和阶级认识的明显非常害怕，因此又形成了国民党右派，主张国民党与共产党分离，主张阶级调和，由此可以知道扩大会议的任务了，这次扩大会议的责任是：

1. 审查目前运动的趋势及用什么政策支持“五卅”运动。

2. 决定对国民党的政策。这时戴季陶在国民党中的主张的最高原则，国民党与共产党分离，我们的政策在组织上、思想上取进攻的政策，所以这时国民党与共产党的关系发生问题。

3. 怎样扩大我们的党为群众的党，因为这次的五卅运动有世界的意义。所以这次会的决议是：

①中国目前的政策与共产党的责任，估量五卅运动的革命意义。先说这次运动的特点：第一，共产党成为真正群众革命的党，并且认为工人阶级的政党是民族革命的领导者；第二，这次运动促成军阀内部起了分化，使一部分军阀走向革命的道路，如冯玉祥接近民众，另一方面使反动军阀更加反动；第三，因广东、香港罢工的影响，广东政府的左派势力巩固起来，并说广东政府的巩固是五卅运动的结果。

②工人阶级与民族运动，各阶级参加民族革命，在民族革命中工人阶级站在领导地位，同时说明资产阶级在革命过程中起初利用工人阶级，后来与资产阶级冲突时，则其即勾结帝国主义共同压迫工人阶级。

③指明数百万的小资产阶级始终是工人阶级的同盟军，无产阶级应格外集中自己的力量与城市小资产阶级联合起来向帝国主义进攻。

④指明农民与革命关系，中国南部和中部农民运动已经发展起来，因此我们应促成农民政纲。

4. 指明军阀与农民政策的关系。此时革命运动又到了困难时期，张作霖与冯玉祥的战争，又要马上爆发，同时又说明国民军在革命中的意义，说他有新的作用应与全国民众联合起来，民众要来帮助国民军特别是要打倒张作霖。

5. 帝国主义相互间的冲突。我们应当好好利用帝国主义相互间的冲突，而订出好的策略来发展革命。

6. “五卅”运动与世界革命的关系。“五卅”运动发生，第三国际领导各国的无产阶级捐款援助上海工人，在政治上反对本国资产阶级的政府用武力压迫中国工人阶级，这一方面证明殖民地无产阶级所领导的民族革命，已与西方无产阶级有亲密联合，反转过来说，殖民地无产阶级领导的民族革命，必须要有西方无产阶级起来帮助才能成功，另一方面证明“五卅”运动给资产阶级及资本主义的稳定有绝大的影响。

7. 中国共产党目前的任务：

①当革命潮流高涨时，要给群众革命的纲领，并要指出正确的道路来，提出组织国民政府及夺取政权。

②根据政治口号去发展工会和巩固工会的组织，同时应扩大党的组织，吸收工人中先进分子入党。

③在工人运动中应防止以下两种倾向：第一是只顾政治环境，而忽视本阶级目前的经济要求，第二是只顾目前的经济要求而忽略了政治环境的争斗。

④在以后运动中，因运动高涨的时候，就受军阀的压迫，所以失掉许多先进分子，因此各处不仅注意工会的组织，并应在工会中准备武装暴动的技术和成立军事委员会。

⑤继续以前对国民党的态度，巩固左派反对右派，尤其是要反对戴季陶主义。

⑥应在每次运动中扩大党与团的组织，使其群众化。

⑦小资产阶级的学生，在“五卅”运动中占主要的地位，应吸收学生先进分子入党。

⑧对国民党的议决，应继续以前的合作政策与群众接近，赞成左派反对右派，以前与国民党的关系是整个的，现在仅是与左派的关系，为什么这样决议呢？因为革命潮流中，资产阶级分化的很明显，同时看见无产阶级的作用，他们都害怕起来，故他们要将国民党握在他们手中，故我们的政策要巩固左派、反对右派。

⑨组织问题的议决，主要的意义则是必须把我们党变成群众的党，虽然目前党员增加到三千多人，但还不够，而应更扩大数倍。

⑩对工人运动的议决，使全国工人运动革命化。

⑪对宣传工作的决议案，应完全站在革命的观点上作公开的宣传，实际上要与群众发生密切关系，引导群众到党中来。由这次扩大会议证明了共产党已站在革命的指导地位了，且强固了党的组织，且开始变成群众的党了。当四次大会时只能说党的政治组织开始走向正确的道路，但现在党已成为群众的党了，组织很坚固了，党的势力较前增加了三倍。

⑫反奉战争中我们的实际工作。扩大会议后反奉战争即要爆发，而这次运动后（“五卅”）又起了反军阀战争的性质，与前不大相同，以前的战争是帝国主义联合战线向国民革命进攻的策略，工人阶级在这次战争中，决不能取观望态度，主要责任就是实行扩大会议的决议，使党的组织扩大，使广大群众参加反奉战争，实行国民会议，组织国民政府。在反奉战争以前，党在各处即有反奉战争的宣传，并且这种运动的组织均与我党有密切关系，因此北方为革命的中心，如在天津举行全国铁路第二次代表大会。这次反奉战争虽然失败，但有很大的成功，在中部和北部给数百万的群众很大的影响，虽然国民军退守南口，但革命势力不会因之消灭。

（十）广东政府的成功。第一，完全消灭广东政府内部反革命势力；第二，巩固国民党左派及左派的革命政府；第三，广东的势力发展到西南各省，且形成西南革命的中心，能影响全国民众及北方政治，这种伟大的成功完全是“五卅”运动的结果。广东政府的成功对现时革命的意义怎样？第一，广东政府势力巩固，给帝国主义以很大的打击，如香港罢工维持到现在；第二，广东政府在中国的影响，就如苏联对世界资本主义国家影响一样，所以广东政府势力发展和巩固都是给帝国主义很大的打击，国民军虽失败，但中国的革命潮流仍很高涨，这是广东政府成功之影响，所以广东政府发展对中国革命前途有很大关系。

（十一）国民党第二次代表大会。一九二六年国民党第二次大会的成功，就是工人阶级与城市小资产阶级和农民联合战线的表现，因为这次大会更加确定了国民党与共产党的关系，就是说工人阶级与小资产阶级联合战线反帝国主义的关系。

（十二）总结论：第一，说明了党产生的主观条件和客观条件及党的历史使命和党初期的工作；第二，说明党的政治状况、劳动运动的发展及党内部的政治生活状况及一般的政治状况；第三，说明党如何由小团体而形成大的政党。其次第一次代表大会到第三次大会及怎样由政党形成阶级群众的党，在“五卅”运动中的作用，而又由第三次大会到“五卅”运动以致国民军失败。

1. 自党成立到现在的成功：第一，党对于无产阶级的影响，党引导无产阶级由经济的罢工直到政治的争斗，并且在“五卅”运动中领导中国工人阶级站在民族革命的领导地位。拿西方革命运动的“经验”和工人运动发展史来看，至少经过二百余年的争斗才走到政治争斗，如英国工人运动，现在才由经济争斗走向政治的革命争斗；中国共产党成立只有六年，党就能引导中国工人阶级走到革命的政治争斗，这证明中国共产党六年的工作已经超过西欧几百年革命经验了。第二，对于民族革命的影响，中国共产党在民族革命中不仅是领导工人阶级，而且领导一般群众作民族解放争斗，“五卅”以前历史上的广大群众运动：第一为义和团，第二为“五四”运动，但这两次运动都没有成为广大的群众革命运动，义和团运动仅是农民的反帝国主义的运动，“五四”运动是小资产阶级的学生反帝国主义运动；而“五卅”运动是全国各阶级的反帝国主义的革命运动，是中国历史上第一次真正的广大革命运动，在这次争斗过程中给群众以充分的政治教训，得着许多争斗的经验，不特扩大了工人阶级的组织，而且组织了各社会阶级。在六年前，我们宣传打倒帝国主义，一般群众说我们是海外奇谈，到现在不独不说我们是海外奇谈，并且跟着我们来反对帝国主义了。第三，对于农民的影响，殖民地的民族解放运动，农民问题是很重要的问题，这几年中对农民问题虽然困难，不能普遍将农民组织起来，但在广东、河南、湖南等省已有八十余万农民的组织，不仅领导农民参加民族革命，而且领导农民作了阶级争斗，反对地主、劣绅、土豪等。第四，对于军事运动的影响，现在中国军事势力很重要，过去一切政治的变迁都有关系，军事可以使革命向前，亦可以使革命退后，所以我们的党对于军事运动也有注意，且有好的结果，促进了军阀的分化，使一部分军阀倾向于革命，虽是一方面是由于客观革命的发展而促成，但在另一方面是由于党的努力及政策用得对的结果。第五，对于中国一般的政治影响，党初成立时一般大学教授及一切军阀和外国帝国主义者，对于我们党的机关报没有注意。数年后共产党在政治上起了很大的作用，引导全国民众作了反帝国主义、打倒军阀的民族革命的领导者，因此反共产主义的口号扩大，从此可以看出我党在革命中的作用和工作成绩了。这还不能把我们党的责任完成，当然还要向前发展，虽然领导群众参加政治争斗，但大多数的农民群众和其他群众未参加革命，但帝国主义的势力仍在增大，我们应扩大工作范围，继续党的政治路线，我们的政治路线是反帝国主义和军阀的联合政策，是党的中心政策，是党的主要政治路线，这直到无产阶级革命时还是如此，我们现在不过开始作这个政治路线工作。固然我们的组织已很扩大，有许多觉悟和正在革命化的分子，团结在我们战线上来，初时亦与国民党发生联合战线关系，但到“五卅”运动以后，党的势力又扩大到各阶级的民众中甚至于军队中，一部分军队参加这次革命的联合战线，总之在无产阶级未成功以前，我们唯一正确的策略就是联合战线，唯一的责任就是扩大这个联合战线的策略，过去联合战线的成功就是“五卅”运动，工农的关系，广东政府巩固及国民军渐渐革命化，因此我们就应继续帮助广东政府与国民军扩大联合战线。

2. 我们今后的责任：

扩大与巩固工人阶级的组织，同时应在思想上坚固工人阶级的阶级争斗的意识，因为工人阶级的势力是唯一的革命势力的发展，只有左派势力坚固，才能扩大联合战线，才能坚固工农关系。在政治上目前应帮助国民军，在南方应帮助广东国民政府，其方法就是组织一切民众势力及扩大联合战线：第一，目前在政治上与军阀联盟；第二，各种“社会势力”的联合战线；再其次是应组织农民，对于农民联合战线，才开始去作，应发展农民的组织，这是很困难的工作。从上面可以知道党虽然幼稚，在困难中发展和党的争斗中所采取的政策，都是多数主义的政策，所以中国共产党已成为多数主义化的党了。

妇女运动

（一九二六年三月十三日）

妇女运动在中国提倡了好几年，但总无多少成绩，比起劳动运动、农民运动、学生运动过去之突飞猛进，实觉瞠乎其后了。中国女子的受压迫与男子处于同等地位，除了娼妓，尼姑，太太，姨太太，被她们的环境剥夺去革命的能力的外，中国的大多数女子，感受生活上的痛苦，应当是革命的。各大城市，有丝厂，纱厂，这些工厂雇用极低廉的女工，为资本家每日做工十二小时以上，工资比男工低微，无法养活其儿女。在生产的时候，是子女的生死关头，但她们没有多少时间休息，请假仍扣工资。保护母性，在这种冷酷无情的社会中，没有任何规定。此外，厂主及工头之任意戏侮女工，更是习以为常、恬不为耻。中国的女工，最受压迫，应当是妇女中最革命的一部分了。女学生在学校中所受的是良妻贤母、三从四德的教育，只准备养成新式家庭中的一文明玩物。她们在学校中书信受检查，社交不自由，爱国运动之遭禁止，失去了独立的人格，如牢狱中的囚犯；次如教育之不满意，集会结社之不自由，亦应当激起她们的反抗。可是中国的妇女运动不免于沉寂，这是什么原因呢？

中国妇女运动不发达，重要原因是大多数女子受宗法社会礼教的遗毒太深，男尊女卑，以顺为正的思想，充塞脑际。她们是很软弱的，受着压迫，只有隐忍啜泣，没有反抗的勇气，所以女性历来成为形容弱者的代名词。女子在此种旧思想的束缚之下，极易苟安迁就。名教纲当乃是箝制被压迫者的利器，在女子方面应用，尤为成功。可是今日社会的民众已有普遍的觉醒，落后的工人农民，都不怕王法，不服从统治，起来反抗资本家、地主、军阀、帝国主义，他们都得到相当的胜利，这应当可以提携妇女运动的前进罢。女子应当觉悟，我们被压迫的时期快过去了，不久有一新的时代到来，在这新的时代，男女平等，女子与男子同样得享教育上、职业上的自由，政治上、经济上的平等。女子可以入校读书，受高等教育，再没有女子无才便是德的谬荒学说。女子在社会上的地位，与男子完全平等，一切职业机关，都可开放容纳女子工作，从此可免除女子在经济上依赖男子、仰男子的鼻息。我们知道一切政治上文化上的压迫，都起因于经济的压迫，正因为男子所有生产工具，所以在政治上剥夺了女子参政的权利，在道德法律上，制定一些利于男子支配女子的条件。所以我们的争斗目标首在求女子的政治经济的自由。

现代的政治经济制度，是陷女子于奴隶地位的樊笼，觉悟的女子为获得自身的解放，不可不努力去打破他。女子的解放争斗，无论其为争改良本身利益所引起的学潮，或工潮，都要遇着政治的压迫——警察的干涉、官吏的禁止。她们应当觉悟，一切经济的斗争，都是政治的斗争了。从争本身的利益（如工厂中之增加工资的要求，学校中争改良教育的要求）做出发点，到参加国民革命，反抗军阀、帝国主义的压迫，到打破旧的社会制度，建立男女平等的共产社会，这是妇女解放的大路。女子的解放，是人类最后的解放；她们与男子有共同的目的——打倒压迫阶级，建立自由平等的社会。他们在这争斗的过程中，应当携手合作的进行。

中国妇女运动中的弱点，便是缺乏领袖的人材，这些人材，应当是能吃苦耐劳，勇敢奋斗的，她们能带着主义的使命，到女工群众中，到女学生中间，讲演宣传鼓起群众反抗压迫的勇气，为她们计划反抗的方法。中国的新式女子似乎是出风头，讲恋爱的很多。她们百分之九十的时间都花在找爱人，谈文学等事上去了；嬉嬉哈哈的过日子，服饰漂亮、涂脂抹粉，一意打扮得讨男子的欢喜，做男子的玩物。一谈到下层的女工群众，或者要她去与她们接触谈话，宣传，她不免要露出夷然轻视的样子，看着这些面目黧黑、衣服龌龊的女工，要避之若浼呢。还有一派女子，她们对革命是信仰的，但她们认为自己能力不够，不能参加。这种羞人答答的态度，是一般女学生所具有的，她们受惯了五千年的压迫，从来没有做过事，循规蹈矩，现在你要她做户外的实际工作，使她感觉她的才能不能适应新的环境。

我们对于这派女子的劝告是，不要轻视自己，尽力在社会中，经验中学习，不要怕恶社会的引诱，惟有在恶社会中能抵抗住恶势力，改造恶势力，才算真正的学识。你不问能不能作，但问要不要作。你们姊妹们的痛苦，也是你们的痛苦，你们为什么不根据你们的学识去解救他们，并且解救全人类呢？

妇女运动的第一步工作是在为被压迫女子的目前利益而争斗，女学生为要求通信、社交、爱国、组织学生会等自由，女工为增加工资，减少工作时间，改良待遇，男女同工同酬，生产前后请假不扣工资等利益奋斗。第二步引导妇女做广大的社会运动，为女子参政，男女法律上平等（如男女同享有财产继承权，婚姻自由，不许蓄婢纳妾等），全国职业机关，教育机关均为女子开放。第三步，参加革命的斗争，如先进的妇女加入国民党及共产党，领导被压迫的妇女，与学生，工农联合作国民革命，夺取政权的斗争。第四步则为改造社会制度，除去女子所受的经济的压迫，实现男女平等的共产社会。自然，有些斗争是可以而且同时进行的。我希望妇女运动中的改革家，不要忽视了自己的责任，应当在妇女中间多做宣传组织的工作，在妇女中间放几把火烧得通红，追踪劳动运动，农人运动，学生运动的进步。

中国的妇女不唯在客观上是革命的，而且在主观上也要求革命。广州，上海，武汉，北京，唐山妇女协会之设立；各地纪念国际三八妇女节之热烈；北京重庆等处女学校时时爆发学潮；上海每次示威，有几千女工极热烈的参加，高呼口号，甚至惹起资产阶级报纸的惊异：这些都表示妇女群众有了革命的要求，所望妇女运动者能乘机领导并且联合这些运动，集中它于革命的道路。各地的妇女协会应当群众化，应当多吸收女学生及女工加入，不愿只做上层的宣传工作。她们尤应在她们的争斗中，注意参考国际妇女运动的经验以加速中国妇女运动之进行。

（载《中国青年》第 117 期　署名：HS）

国家统一与革命势力的联合

（一九二七年七月八日）

中国革命根本目标之一就是要求国家的统一。不仅工农有此要求，凡是受过十六年以来，分崩离析、武人割据、内乱频仍的一切人民莫不同此要求。

要求统一，打倒武人割据和内乱，拯救人民于水火，是本报数年以来的主张。此主张至第一期北伐胜利和占领上海时，几乎实现了三分之二。北伐的伟大胜利是军阀快被完全打倒，人民快被拯出水火，国家快要统一的表记。何以有这样可惊的成功呢？这不能不归功于孙中山先生联合一切革命势力的三大政策。

所以革命势力的联合便是国家统一的动力，要求国家统一必须先求革命势力联合。只有革命势力联合才能推翻军阀割据、内乱频仍的残局而拯出人民于水火。

凡是不愿意国家统一、人民解放的人们，他们必定首先反对或破坏革命势力的联合。从冯自由、戴季陶以至蒋介石便明证了这个真理。

北伐胜利的种子是孙中山在国民党改组大会树立三大政策时种下

的。蒋介石要反革命，破坏北伐的胜利，阻碍国家的统一，以遂其军事专制的私图，故首先动摇三大政策，破坏革命势力的联合。这种事实是每个革命分子都明白的，用不着我们多加说明。

蒋介石从动摇两党关系以至公开屠杀共产党人及工农群众，我们并不因此特别痛恨他，因为吴佩孚、张作霖、孙传芳辈对于我们及民众也是同样的残暴，我们对于蒋介石所痛恨的，便是他破坏了北伐的胜利，阻碍了人民的解放和国家的统一。

所以我们主张打倒蒋介石是为人民求解放，为国家求统一。要达到这个目的，首先要求维持与巩固革命势力的联合战线。

现在有唱所谓第三种主张者，主张“反共反蒋”。这种主张听说发源于李宗仁一辈军人。我们并不疑心这一派人与蒋个人没有利害的冲突而完全是替蒋另演一套戏，但是我们要明白的告诉一切革命家：所谓第三派的主张，在客观上不仅不是反蒋，而且是助蒋。这一派的主张至少在客观上是欺骗民众。

倒蒋的真正武器是什么？是由三民主义产生出来的三大政策，是革命势力的联合？试问：在未倒蒋之前，而先拆散或破坏革命势力的联合，这是倒蒋呢，还是降蒋？我想每个明白的人都能答复这个问题。所以我们希望每一个革命家都不要受所谓第三派主张的蒙弊。

共产党人不是为自己的或阶级的利益不愿退出国民革命的联合战线，而是为民族的解放和国家的统一，不能退出此战线。共产党与中国无产阶级若接受帝国主义张作霖以至蒋介石辈的威胁而退出此战线，结果便是放任帝国主义与军阀们永远宰割中国，任中国人民再过十六年纷乱宰割、水深火热的生活！所以共产党人为忠于民族解放与国家统一的利益起见，必须与帝国主义及其走狗（张蒋之流）的这种威胁奋斗到底！

现在联合战线的问题不是国共两党的问题，乃是人民生死国家存亡的问题。此问题现在摆在全国人民的面前。每个人都应当想一想：假若联合战线被迫破裂，国民党回复到改组前的原况，一个一个的野心家，争权夺利继续混乱下去，……人民有生路吗？国家不会亡吗？

“亡国”问题现在重新提到国人前面来了：你们试看帝国主义毫无顾忌的出兵华北，这是什么现象？这是复活八国联军，武力瓜分中国的现象。

何以帝国主义在此时复活武力瓜分政策呢？有三个主要的原因：第一，蒋介石背叛革命，破裂了革命的联合战线；第二，旧军阀的统治根本破坏（吴张等），而新军阀（蒋介石）的统治又没有巩固的希望，蒋的内部动摇与崩溃已成为公开的秘密；第三，工农革命势力并没有被蒋李等新军阀的枪炮根本消灭，“卷土重来”不仅不是将来问题，蒋李的枪炮现在即已不能压低珠江流域和长江下游的反帝的高潮，他们反而被革命的高潮所压迫不能不仍然戴起民族革命的假面具。可是由惧怕工农革命势力而酿成革命势力的分裂，也就是促成帝国主义复活武力瓜分的一个主要原因。在这三个原因之下，帝国主义不能不复活武力瓜分政策。

自五卅以至北伐胜利，帝国主义为革命高潮所压迫已经不能不采取让步政策。现在忽而由让步政策回到武力瓜分，这不能不归罪于蒋介石的叛逆。所以蒋介石叛逆的意义不是单纯屠杀 C.P. 和打击工农，乃是背叛国家和人民的利益，引导帝国主义复活武力瓜分政策。

另一方面，蒋介石的叛逆是新军阀企图继续旧军阀的统治，从新扰乱国家，继续内战，宰割人民的开端。他的一切蹂躏党权，破坏三大政策，分裂革命势力的罪恶，无非是要使人民重新再过十几年（如民元以来）水深火热的生活。

有人以为蒋介石或可统一中国，这是梦想。慢说他不能统一李宗仁、白崇禧、吴稚晖、戴季陶、李济深、何应钦、胡汉民等等，就是他的嫡派军队亲信党徒也不能统一。蒋介石内部冲突崩裂的状况与吴佩孚、张作霖内部没有两样。袁世凯、吴佩孚、张作霖等旧军阀不能统一中国，新军阀蒋介石亦万无统一中国之可能，这是可以断定的。

由此看来，蒋介石的政治路线不仅不能统一国家，拯救危亡，只是要重新引导国家走向危亡，人民重过十几年混乱宰割，水深火热的生活。

所以现在有了蒋介石统治的存在，便没有国家统一和人民安宁的希望。要求国家统一和人民安宁，必须打倒蒋介石。

打蒋的意义不是单纯的对人问题，也不是单纯的军事问题。首先要在政治上去打倒他，这才算是真正倒蒋。所以从这个根本观点说来，革命的民众对于所谓第三派的主张应有一个判断。

我们敢肯定的说：军阀的统一（无论新的旧的），在中国是永远不可能；现在的蒋介石远不如当年的袁世凯；而现在的革命势力不仅不如民元之易于消灭，并且是机械的枪炮方法所不能消灭的，（广东、上海、湖南的工农势力并没有根本被剿灭）。革命的统一是唯一可能的，但是先决条件是要维持与巩固革命的联合战线。

中国共产党人将以全力维持并巩固此战线到底，决不在威胁之下抛弃这个救国救民的根本政策。

一切饱受帝国主义与军阀宰割之痛苦的人民，不仅应注意这个维持联合战线的斗争，并且应来参加与拥护这个有关国家命运人民死活的斗争。

同时，我们敢忠告一切真正三民主义三大政策的信徒：大家应勇敢地起来领导这个斗争，不要任民众看了只有无产阶级是三民主义三大政策的忠实继承者！

为国家的统一必须维持革命联合战线！

为人民的解放必须维持革命联合战线！

为国民党不离工农而孤立必须维持革命联合战线！

联合战线是救国救民救党的唯一政策！

反联合战线便是反三民主义！

反联合战线便是投降蒋介石！

反联合战线便是迎合帝国主义！

一切革命民众起来拥护孙中山三大政策！

（载《向导》第200期　署名：和森）